U0576243

一杯通透
在人间

周锋 著

浙江工商大学 出版社
ZHEJIANG GONGSHANG UNIVERSITY PRESS
·杭州·

图书在版编目（CIP）数据

一杯通透在人间 / 周锋著. -- 杭州：浙江工商大学出版社，2024. 12. -- ISBN 978-7-5178-6317-5

Ⅰ. I25

中国国家版本馆 CIP 数据核字第 20247GJ489 号

一杯通透在人间

YI BEI TONGTOU ZAI RENJIAN

周 锋 著

出 品 人	郑英龙	
策划编辑	沈 娴	
责任编辑	刘 颖	
责任校对	杨 戈	
封面设计	周伟伟	
责任印制	祝希茜	
出版发行	浙江工商大学出版社	
	（杭州市教工路 198 号　邮政编码 310012）	
	（E-mail:zjgsupress@163.com）	
	（网址:http://www.zjgsupress.com）	
	电话:0571 - 88904980,88831806(传真)	
排 版	杭州朝曦图文设计有限公司	
印 刷	浙江海虹彩色印务有限公司	
开 本	880 mm×1230 mm　1/32	
印 张	8.125	
字 数	129 千	
版 印 次	2024 年 12 月第 1 版　2024 年 12 月第 1 次印刷	
书 号	ISBN 978-7-5178-6317-5	
定 价	68.00 元	

目录

第三章　通透·人间

第一章　古道·钟声

山中那一条蜿蜒漫长的敬香古道，也是一条遗迹斑驳的茶之古道。走上那沧桑古道，你就会感受到文化的力量、时代的力量。

它从唐风宋韵里绵延而来，一直延伸到遥远的时空中。

茶烟起，缥缥缈缈，仿佛已与窗外径山上的烟云融为一体。

"径山吃茶去"成为当下流行的一句口头禅，而"上山礼佛，下山吃茶"也已成为诸多游客来径山的理由。在这青山绿水之间，古道上消失了的千年时光，与当下的吃茶闲兴，构成了穿越时空的呼应。

人生草木间，万物皆云烟。

古道烟云

甲辰年正月十八日。

径山之巅，古寺之外，一场壮美的冻雨降临，径山之野已被装点成银装素裹的冰雪世界，仿佛仙境。方丈室内，径山寺方丈戒兴正与几位浙商品茗交流。

一杯径山茶，袅袅飘散着白色雾气，茶香氤氲室中。

"这真是难得的一天。我来此寺 16 年，也是第一次见到如此美丽的景色。"戒兴说。径山寺有近 1300 年的历史，有其内在的精神与文化传统。径山寺与径山茶，有着无比紧密的联系。当年，径山寺的开山祖师法钦禅师，在山上种下几棵茶树，采茶来供佛，后来才在漫山遍野种下了茶。一杯径山茶，跟一代一代的禅师结下了因缘，留下了文化。这也是径山寺最重要的文化遗产。

"祝愿大家,这次在径山寺坐一会儿,喝一杯茶,能寻得内心的宁静,很好地安顿自己。"戒兴的开示与祈福,让多位浙商领受到古寺与名茶的一片美意。

这是浙商新春茶叙的场景。天地清净,万物绝美。古松静立,寒梅怒放。喝茶的时候,径山寺屋顶冰雪消融,哗啦啦地,一串串冰凌沿屋脊滑落。

一个月后。

春雨蒙蒙。如丝如缕、如梦如幻的山间雨雾,将径山笼罩在一片洁白与朦胧之中。翠绿的早春之色,预示着一座春山开始从冬日的沉睡中醒来。

径山下。章红艳坐在自己的茶室里,摆开茶席,开始煮水、沏茶。

每天的第一道茶,她是泡给自己的。泡茶,喝茶,这几乎是她的日常生活习惯了。这里是五峰山房,也是她从小生活的家。

家在径山,童年时候的她还偶尔会不平地想,为什么家会在这么偏远的山中。现在她觉得,也许一切都是命运安排好的。如果不是家在径山脚下,恐怕她也不太会跟茶结下如此深厚的缘分。

水沸了，她提起水壶，温杯、沏茶，缓缓如诗，行云流水，仿佛与窗外青山一样宁静。

对于章红艳来说，五峰山房是她栖居的地方，也是她出发的地方。山中那条穿过茂密丛林的古道，是她从小就熟悉的道路。

小时候，章红艳坐在家门前，远远看见行脚的僧人从山中下来，戴笠帽，着僧衣，步履过而不留痕。到了每年的除夕夜，吃过年夜饭，家中父母便早早带她出发，与村人一起打着手电，沿着古道缓步上山，去寺中敲钟。

山上有座径山寺，始建于唐天宝年间，距今已有一千余年。

晨钟暮鼓，从童年起，钟鼓声在章红艳的耳畔响了几十年。在径山脚下居住的日子，章红艳总能听到袅袅梵音，穿越深山丛林与悠悠白云，落在她的耳边。古寺、古道与茶，成为她生活的一部分。

只是，小时她并不知道陆羽是谁。妈妈说，喝茶的人都应该记住这个名字。这个一千多年前的人，在径山这个地方写过《茶经》。

一杯通透在人间

章红艳记住了陆羽这个名字。她渐渐也知道了，在唐代，茶是敬奉给佛的清供，后来也成为僧人日常品饮之物。径山茶"其味鲜芳，特异他产"，也是写进地方志的。北宋时的翰林院学士、茶学专家蔡襄则说，径山茶"清芳袭人"，这话写在他的《茶录》之中。

红艳起先是一心想要离开大山的。父母开办茶厂，她只是看见父母日常采茶、制茶的辛苦，以及维持生计的不易。十多年前，径山这条古道上来来往往的人多了起来，游客、香客络绎不绝，上山礼佛、下山吃茶成为多数人的选择。很多人下了山，希望有个地方可以坐下来，吃一杯径山茶。于是，家里辟出一个吃茶的地方。

茶的滋味，也是需要慢慢品出来的。径山村做起了文旅融合的文章，这座村庄的游客多了起来，大家都慕名而来，红艳一家也把老房子做了改造，起了个名字，"五峰山房"。径山有五座峰，像莲花瓣一样簇拥着径山寺。红艳爱上了喝茶，她在泡茶的时候，又依稀听到了小时候熟悉的晨钟暮鼓与袅袅梵音。

山巅一寺一壶茶，那是禅意之茶。

山下浮生半日闲,那是生活之茶。

2022年11月29日,"中国传统制茶技艺及其相关习俗"通过评审,正式列入联合国教科文组织人类非物质文化遗产代表作名录。其中,杭州的两项国家级非遗项目——西湖龙井、径山茶宴,作为"中国传统制茶技艺及其相关习俗"的重要组成部分,双双入选人类非物质文化遗产名录。

得知山上寺院里的"径山茶宴"成了"人类非遗",马宽第一时间发了朋友圈。这位出国留过学的年轻人,最后还是听从父亲的召唤,返乡料理"五峰茶叶"。他是径山村"茶二代"中的佼佼者。马宽说,之所以回径山村,之所以认认真真做茶,是因为他觉得茶的事业是"充满希望的事业","因为喝茶是中国人的日常生活之一嘛!"

柴米油盐酱醋茶,开门七件事里,茶是最后一件,看起来不那么重要,其实却必不可少。这就是传统文化的哲学。喝茶这件事情,不为解渴,不为饱腹,不像其他的事情那么实用和功利,却恰恰因此有了别样的境界。

说到底,人生中的事情,都需要一点点无关紧要、无关宏旨的支撑,就好像家门口那条古道上来来往往的人,过了千年,大多数早已湮灭在历史中,却也有少数几个人,把喝茶这件事喝到了美学的境界上来，也因此才留下深深的印记。

径山村的年轻人纷纷学会了点茶，这是宋代人的吃茶方式。在唐代，人们吃茶还像喝粥一样，到了宋代就讲究了，点茶，把茶末调在黑釉的茶盏里，以竹筅不断回环击拂，击打出洁白细腻的泡沫。泡沫凝于水面，久久不散。

"碾破香无限，飞起绿尘埃……两腋清风起，我欲上蓬莱。"这是宋人葛长庚所写《水调歌头·咏茶》中的句子，念着这样的句子，顿时觉得，吃茶真是一件美妙的事情。

怪不得，日本僧人来径山学禅，顺便也把吃茶的事带回去了。

章红艳闲坐茶台边泡茶吃茶，不时有客人进来讨一碗茶喝。这间茶室静雅，一面墙上挂着几个字，"径山茶汤会"，另一面墙上也挂着几个字，"心有径，茶为道"。

章红艳喜欢坐在茶台边，泡茶，吃茶。她坐在这里，窗外就是大山，她看到古道上走来的人，有方外之人，也有红尘中人，都不要紧，说不定其中就有一位茶圣——那个在径山双溪写下《茶经》的人，说不定也有草鞋都穿破了的人，一看就是走了很远的路，问了才知道原来是从东瀛来学习的僧人。这些人，来了又远去，留给我们渐渐消失的背影。

茶烟起,缥缥缈缈,仿佛已与窗外径山上的烟云融为一体。

"径山吃茶去",成为当下流行的一句口头禅,而"上山礼佛,下山吃茶"也已成为诸多游客来径山的理由。

在径山村,另一位年轻"茶二代"周颖,也在她的茶文化主题民宿里,接待着来自五湖四海的客人。

在这青山绿水之间,古道上消失了的千年时光与当下的吃茶闲兴,构成了穿越时空的呼应。

法钦植茶

人生草木间,万物皆云烟。

每年春茶上市的时节,都有不少日本茶人不远千里来到径山寺。

除了在径山寺冲泡一杯当年的新茶供奉开山祖师法钦禅师,很多人还会沿着千年古道漫步山林,一直走到很远的地方。

径山村党支部书记俞荣华也经常带客人走这条千年古道。

他知道,在日本客人的心目中,径山和径山寺都有着非常崇高的地位。

径山,在东天目的北峰。《天目山志》载:"天目龙潜于此,盖入双目之径,故名径山。"

径山有五峰,堆珠峰、朝阳峰、宴坐峰、大人峰、鹏抟峰,五峰如手指而立。径山虽无泰山之高、华山之险,却有竹海万顷,古寺深隐,鸣泉淙淙,云蒸霞蔚。

径山早为世人所重视,在唐代早期就是游览胜地。"众峰来自天目山,势若骏马奔平川。"这出自苏轼的《游径山》,他还说,"我昔尝为径山客,至今诗笔余山色"。

径山寺始建于唐天宝元年(742)。相传,当年高僧法钦禅师从扬州镇江一带而来,云游到径山。此前,他的师父玄素曾嘱咐他说,"乘流而行,逢径则止",他便到了径山。

《宋高僧传》载:"近山居前,临海令吴贞舍别墅以资之,自兹盛化,参学者众。"可见法钦到径山之前,径山就不荒凉。径山上,自唐以来就有较多寺院庵舍,又有高士别业。在北宋,又有工部侍郎郎简建别墅于径山菖蒲田,这一别墅后来成为一处古迹。

玄素说的"乘流",是坐船而来。隋唐开江南运河,起点在润州(今江苏镇江),终点在余杭南渠河,自唐以来就是水上运输的大动脉,史称"八百里平江"。一般情况下,大约十天时间就可以从润州乘流而至余杭。玄素嘱咐法钦"乘流而行",就是让他沿运河南下,这应该是玄素以前托钵行游时走过的道路,他非常清楚此流可达何处。

"逢径则止",玄素知道在余杭弃舟登岸,可至径山,他当年到过这里,也曾在山上修行。玄素是常州人,晚年又居润州,他曾不止一次来往余杭与润州,对余杭的山川、地理、风物、民情都了如指掌。玄素还有一个法号"径山大师",他心存一个愿望,即希望弟子法钦能在径山静心修行,以图日后有所作为。他这样嘱咐弟子,大有深意。

果然,法钦来到径山,见此地风景优美,山高林深,是一个修行的好地方,便在山上结庐定居,种茶礼佛。

径山这条古道,可谓茶之古道。古道从径山寺的接待寺化城寺开始。从双溪出发,翻过元宝岭,便是化城寺遗址。在宋元明清时,凡帝王将相、文人墨客登径山进香,必先到化城寺住一宿。次日清晨,开始行路,过船桥,越大堰岭,翻直岭,跨东涧桥,穿桐桥村落,登径山山道。

今天我们沿此古道一直攀登向上,也仿佛是走在一段回溯径山茶历史的旅程上。关于茶的往事,纷至沓来。

想当年,法钦在径山建庵而居,史上有两种说法。

一种说法是,时雨雪方止,旁无烟火,樵猎者至,颇甚惊异嗟叹。下山募人营小室清居之。近山居前,临海令吴贞舍别墅以资之。自兹感化,参学者众,门庭若市,声震天下。

另一种说法是,法钦至山,苫盖宴居,过数日,有白衣老人前来致礼,师问其何人,至此何事。老人答言:"吾龙也,世居于此。自师到此山,吾族皆不自安,将携其属而归天目,愿舍所居,为师卓锡之所。"并引法钦禅师于五峰之阳观龙湫,说:"此乃吾家,吾去后,此湫当涸,愿留一穴勿塞,吾当岁一至朝拜故地。"言毕忽不见,即时风雨晦暝,连宵达旦。次日天晴,复去探视,果见大湫尽涸,涨沙为平地,仅有一穴,水清如镜,即今所见之龙井也。观北峰之阳,有新成庵舍,知是龙神所赐,即来居住,遂开堂说法。

这两种说法,前者近纪实,后者近传奇。无论如何,都是对法钦栖于径山缘由的注解。大历三年(768),唐代宗诏法钦进京问法,赐号"国一"。次年,唐代宗下旨重建径山寺。从此,径山寺名扬四海。

南宋宁宗时,朝廷评定江南禅院"五山十刹",径山寺被列为"五山"之首,也是当时的佛教中心,参禅求教者纷至沓来,高僧大德辈出。

在鼎盛时期,径山寺有下属庵院一百一十二处、接待寺七处,殿宇林立,僧众三千,香客云集,被誉为"东南第一禅院"。清嘉庆《余杭县志》载:"殿宇崇宏,甲于浙水。"

径山历来深受帝王将相、文人墨客的青睐,历史上吴越王钱镠、宋徽宗赵佶、宋高宗赵构、宋孝宗赵昚、清圣祖爱新觉罗·玄烨等五位皇帝曾在径山留下足迹。苏轼、欧阳修、陆游、龚自珍、金农、徐渭等文人也在径山留下数百首诗词。

径山寺历史上经历过七次重建,包括两次大殿重建和一次大整修。

2009年,径山寺开始复建,沿袭宋时寺院格局,由南至北的中轴线上有五进,依次为五凤山门、释迦宝殿、潮音堂、观音殿、凌霄阁,左右两侧还有祖堂、客堂、灵泽龙神殿、药师殿、大慧院、宝积居、禅堂等。

从桐桥至径山寺,约八公里,步行路程近一小时,沿途遗存很多古迹,如桐桥亭、进善亭、半山亭、冷亭、望江亭等五亭,山崖可见两处南宋石刻"圣寿无疆""佛圣水",再上即至东坡洗砚池、金线竹、孝宗御碑亭,直至径山寺。

这是一条蜿蜒漫长的敬香古道,也是一条遗迹斑驳的茶之古道,它从唐风宋韵里绵延穿越而来,也一直延伸到遥远的时空中。

当年,法钦禅师为凝心坐禅、祛除昏昧,见山中有不少野生茶树，便亲手移植了几株，采制后或饮用或供佛或待客。后来，径山茶漫山遍野。径山茶其味鲜芳，特异他产。北宋时的翰林院学士、茶学专家蔡襄也说，径山茶清芳袭人，他把径山茶写进了自己的《茶录》一书中。

清代《余杭县志》载："径山寺僧采谷雨茗，用小缶贮之以馈人，开山祖法钦师曾植茶树数株，采以供佛，逾年蔓延山谷，其味鲜芳特异，即今径山茶是也。"径山茶开始是寺院自用茶，后来发展成为著名的商品茶。相传原来的十八棵茶树，种植在径山金鸡泉东山坡，如今已发展为大片茶园。

宋代之后，径山的茶宴已融入僧堂生活和禅院清规，径山茶宴的仪式规程被严格规范下来。

南宋时，日本僧人纷纷上径山求法。圆尔辨圆、南浦绍明等日本僧人到径山寺参学，不仅把径山的禅法、宋代的文化带到日本，也把径山的茶叶、饮茶制茶的工艺和禅院茶礼的仪规带到了日本。

圆尔辨圆把径山茶种带到自己的家乡日本静冈。如今，茶产业成为静冈的支柱性产业，圆尔辨圆也被尊称为茶祖。南浦绍明则把径山的茶礼仪规带回日本，才有了后来的日本茶道。因此，径山也被尊为日本茶道之源。

陆羽著经

"喝茶的人都应该记住这个名字。"章红艳一直记得妈妈说的这句话,也记住了那个名字——陆羽。

一千多年前,陆羽正是隐居于径山附近,构思撰写《茶经》。

直到今天,这个人依然滋养着径山人的日常生活。

陆羽(733—约804),字鸿渐,自称桑纻翁,自号竟陵子、东网子、东园先生,别号茶山御史,复州竟陵(今湖北天门)人。一生嗜茶,潜心研究茶事,一生为茶客,半世作茶仙。

《新唐书·陆羽传》记载:"上元初,更隐苕溪,自称桑苎翁,阖门著书。"唐至德元年(756),因安史之乱,陆羽随关中难民南下,隐居双溪,著《茶经》三卷。

陆羽比法钦年轻 19 岁。据传,陆羽在青年时期就对茶有着浓厚的兴趣。他四处游历,品尝各地的名茶,研究茶叶的种植和制作技术。28 岁那年,即大唐上元元年(760),他来到径山东麓的双溪,凿泉,煮茗。隐居于径山时,他就地采摘野生茶籽,教村民播种,并在山下溪畔结庐著书。

其隐居处,舍旁有一泓清泉,陆羽汲来烹茶,在此细品各地名茶,终著成传世名作《茶经》——"茶由饮而艺而道,融茶禅于一味"。

陆羽留下一篇《陆文学自传》,作于上元二年(761)秋,那年他 29 岁。自传中与余杭相关的文字有两段。

一段说:"上元初,结庐于苕溪之滨,闭关对书,不杂非类,名僧高士,谈宴永日。常扁舟往来山寺,随身惟纱巾、藤鞋、短褐、犊鼻。往往独行野中,诵佛经,吟古诗,杖击林木,手弄流水,夷犹徘徊,自曙达暮,至日黑,兴尽号泣而归。故楚人相谓,陆子盖今之接舆也。"

另一段说:"洎至德初,秦人过江,子亦过江,与吴兴释皎然为缁素忘年之交。"

这两段记录,说明陆羽在唐肃宗至德初年过江,先和皎然相识,然后到上元初"结庐于苕溪之湄"。

陆羽泉在余杭双溪,此事明朝嘉靖时即清楚著录在册。

陆羽隐居撰写《茶经》时遗存下来的陆羽泉,位于将军山下双溪岸边,与双溪漂流景点隔溪相望。嘉靖《余杭县志》载:"陆羽泉在县西北三十五里,吴山界双溪路侧,广二尺许,深不盈尺,大旱不竭,味极清洌……陆鸿渐,隐居苕霅,著《茶经》其地,常用此泉烹茶,品其名次,以为甘洌清香,中泠、惠泉而下,此为竟爽云。"

民国《晚窗余韵抄略》一书,收有《双溪十景》组诗,首篇为《苎泉怀古》。诗曰:"苕溪高隐乐如仙,不爱溪流偏爱泉。汤沸竹炉洗俗虑,令人相见苎翁贤。"

陆羽泉,位于现陆羽公园南端小院。院中大樟树下,有一口井圈由鹅卵石砌成的古井,井分内外两口,内口为方形,此井即为陆羽泉。井水深不盈尺,清澈明亮。井上有一大石碑,上有沙孟海题写的"陆羽泉"三个字。

在井的南面,有三间泥墙茅草屋,内有厅堂、灶房、正房,是茶圣陆羽隐居著经的地方,门上挂有一匾,曰"苕溪草堂"。

民间传说,陆羽为避安史之乱,在双溪隐居,一边研究茶事,一边撰写《茶经》。一天,天气闷热,陆羽出来散步,四面走走。走到一个小村外,陆羽已是汗流浃背、口干舌燥。他正想找个地方休息,往前一看,只见树林中有一缕炊烟升起,他知道那里一定有人家,就兴冲冲地朝那边走去。

一进屋舍,只见一位大嫂正在做饭,陆羽便拱手行礼,道:"大嫂,能否讨口凉水喝?"大嫂说:"客官,水刚烧,还没有烧开,你想喝水还得再等一会儿。"陆羽实在口渴,又恳求道:"凉水也好,凉水也好。"大嫂就用葫芦瓢在水缸里舀了一瓢水,又在瓢里撒了一把糠,才拿给陆羽喝。

陆羽一见,心里有点不高兴,好好的水,为啥要撒一把糠呢?

不过这时候,他又不好发作,嘴巴渴得要命,还是喝水要紧。他只好吹一下水面上的砻糠,喝一口水,吹一下水面上的砻糠,再喝一口水,慢慢地,他把一瓢水喝完了。

陆羽是个做学问的人,千想万想,想不明白这件事有什么道理。过了三天,他又去找大嫂,硬着头皮请教。

大嫂笑着说:"天气炎热,我看客官满头是汗,汗出得多了,如果一口气把生水吞下去,冷热一激,难免要生病。这是我们家里祖传下来的规矩,在水面上撒把砻糠,就是要你一口一口慢慢喝,免得生病呀。"

陆羽恍然大悟，原来大嫂是好心好意，自己错怪了她。

为了感谢淳朴善良的大嫂，陆羽从布背袋里摸出一包茶籽送给她，叫她种在山坡上，等茶籽发芽，长成茶树，摘下芽叶来用开水泡着喝，既能解渴又能治病。

后来，这个地方满山满坞都是茶树，当地人就把这个地方叫作"茶叶坞"。

当年，陆羽还在径山结识了法钦禅师。法钦禅师不仅在佛法上有深厚的造诣，还对茶文化有着独特的见解。两人一见如故，坐而论道、品茗焚香，开始了一段关于茶道的深入交流。陆羽尝到了法钦亲手烹制的径山茶，而法钦对陆羽"逢山下马采茶，遇泉下鞍取水"的传奇阅历也颇有兴致。

二人互相切磋，共同追求茶道之真谛，陆羽也从法钦那里学到了很多关于茶的知识，他还领悟到，茶道的真谛不仅在于技巧，更在于心境和精神。从此以后，他更加专注于对茶道的研究和实践。最终，陆羽在径山东麓的双溪，完成了世界上第一部茶学巨著《茶经》。

关于陆羽与法钦的交往，目前没有找到相关史料记载，只是传说。但在许多径山茶史研究者的内心，都有一个朴素的认定：陆羽与法钦，应当是相识、相知、相交过的。

《余杭县志》有载:"陆羽泉在双溪乡凉亭头,俗称陆家井,深不盈尺,大旱不涸,为陆羽汲泉品茗之处,陆羽曾一度在此撰写《茶经》。"

《茶经》一书共三卷十章,计7211字,为世界第一部茶学专著。书中详细阐述了茶叶的种类、特点、制作方法、品茗器具、品茗技巧以及茶道精神等,对后世的茶文化产生了深远的影响,被中国、日本两国茶文化爱好者共同尊奉为最高的茶学经典。《茶经》之文化性、学术性、科学性、实用性,有着开创性的意义。

诚如宋代陈师道于《茶经序》中所云:"夫茶之著书自羽始,其用于世亦自羽始,羽诚有功于茶者也。"

陆羽结庐于苕溪之滨,广义地说,可以是东、西两大苕溪流域中的任意一个点。

西苕溪经湖州入太湖,东苕溪经余杭北向德清至湖州后,两溪相汇,流入太湖。陆羽要著书立说,自然不能野居穴处,所以,产茶的湖州、余杭应是他理想的居住点。

20世纪90年代,径山俞清源先生经踏勘发现,余杭镇向西北七里的仙宅村有苎山,其地是一大片桑园,山麓遗存正有刻着"苎山桥"的石拱桥古迹。陆羽自号"桑苎翁",应该是顺理成章了。

嘉庆《余杭县志》中记:"(陆羽)上元初隐苕上,自称桑苎翁,时人方之接舆。"吕祖俭《卧游录》云:"羽隐苕溪,阖门著书。"

"自从陆羽生人间,人间相学事新茶。"陆羽是我国公认的茶文化奠基人,被世人尊称为"茶圣"。陆羽在余杭的时间,跨度或许不超过三年(从 28 岁至 30 岁)。那段时光,他或在山中小住,或在双溪畔煮茗,或行舟于雪溪,或独往于顾渚,留下了无数足迹。从历史的记录来看,他那部伟大的《茶经》初稿,应当是在径山之麓的余杭双溪完成。

湖州妙喜寺的和尚皎然,是唐代著名诗僧,也是陆羽的好友。皎然写下了诸多茶诗,同样是中国茶道文化的领军人物。

余杭和湖州有大苕溪沟通,径山双溪、湖州顾渚,都处于苕溪流域,唐代两大名茶顾渚紫笋、径山茶,都由这方水土滋养。陆羽、法钦、皎然,是世界茶业、世界禅茶文化、世界茶道文化的三位奠基者。

三次出发

径山茶在历史上,有三次重要的发展节点,可谓径山茶的"三次出发"。

径山茶的第一次出发,自然是一千二百八十多年前法钦禅师在径山的结庵与植茶,带动径山茶走向世界。

因了法钦手植茶树,茶便在此山繁衍。从一小片开始,先是"采以供佛",后来有了漫山遍野的茶,寺院的僧人分享给客人,再后来,有了径山寺的茶会、径山茶式,这些又随着日本来径山寺求学的僧人传到日本,中国的茶文化由此播散到海外。

径山茶在滚滚的历史长河中起起落落,有过辉煌,也有过低谷。自宋至清,径山茶均被列为贡茶。但清朝中叶以后,随着朝廷对禅宗的压制,径山茶名逐渐消隐。

鸦片战争爆发后,中国开放商埠,茶叶成为最大宗的外销商品之一,但其中并无径山茶的身影。

1963 年,径山寺在康熙二十二年(1683)重建的殿宇也已经倒塌,只留下一座孤独的钟楼。

1978 年以后,径山茶被重新发现,经过众多茶人的开发和广大径山人民群众的共同奋斗,径山茶成为全国名茶,并逐渐享有了世界声誉。

为回朔径山茶的历史,我们有必要提及一位中国茶叶界的重要人物——被后人尊称为"现代茶圣"的吴觉农。

吴觉农,浙江上虞人。中国著名茶叶专家,复旦大学农学院茶叶系主任,上海兴华制茶公司总经理。新中国成立后,任农业部副部长及中国茶叶公司总经理。吴觉农先生一生专注于农业,特别是在茶业复兴上做出了巨大贡献,是中国现代茶业的奠基人。

1919 年,吴觉农考取浙江省的公费留学生,赴日本农林水产省茶叶试验场学习,成为中国第一位去国外攻读茶学的学生。

吴觉农原名吴荣堂,从小体会农民生活疾苦,后受"三民主义"影响,开始关注我国民生问题。了解到我国的农业现状后,他立志献身农业,故而给自己改名为"觉农"。

留学期间,吴觉农已展现出过人的才华和独特的眼光。他收集了大量各国在茶叶生产、制造、贸易等方面的资料,撰写了大量文章,并发表在各大报刊上,慢慢在世界茶业界产生了一定的影响。其中有名的《茶树原产地考》不仅有力驳斥了某些国外学者否认中国是茶树原产地的错误观点,还有理有据地向全世界宣告中国是茶的故乡。

1922 年,吴觉农从日本静冈茶叶试验场研修归来。

回国后第三年,吴觉农为浙江余杭林牧公司从日本引进了绿茶加工用的揉捻设备,试制蒸青绿茶。余杭林牧公司,就是如今径山脚下的余杭长乐林场。

吴觉农还应邀筹办茶叶出口检验所,编制了中国第一部出口茶检验标准,首创了我国茶叶出口口岸和产地检验制度,提高了我国茶叶出口贸易在世界的知名度。1938—1939 年,茶叶跃居我国出口农产品销量第一位,中国茶叶出口贸易地位日益提高。

在致力于茶叶的生产、贸易等方面的发展的同时,吴觉农先生也注重茶叶生产技术人才的培养。他与孙寒冰先生在复旦大学首开茶业组科,包含四年制大学本科、二年制茶业专修科及茶叶研究室。

而后,在吴觉农先生的积极影响下,安徽、浙江、福建、湖南、四川、云南、广西等地的高等农业院校也相继开设茶叶专业。

20世纪60年代,杭州西湖、下城、上城、江干、拱墅区各人民公社,派多人到余杭开荒,建成了拥有6000亩茶园的全国最大茶场。

这个茶场,其前身正是吴觉农创立的浙江省茶叶试验场。

余杭的茶山里,科研氛围浓厚,生产也搞得轰轰烈烈,还吸引了浙江农业大学茶叶系来此办学。学校在径山山脚下的潘板桥拿下200亩山地种茶,老师们带领学生,在此开启了"半农半读"的试点教学。

径山茶的第二次出发,启程于改革开放的春风里。20世纪70年代末至80年代,以金雅芬为代表的一代茶人,为径山茶的复兴与重新崛起做出了突出贡献。

宁波姑娘金雅芬,就是20世纪60年代浙江农业大学茶叶系的学生。她于1964年毕业,分配到余杭县农业局工作,成为当时全县唯一的茶叶干部。

这位个子小小的姑娘,后来成了径山茶复兴大业的"旗手"。

1985 年,径山茶参加全国名茶展评会,被评选为 11 只部级名茶之一,余杭方面委托杭州市农业局向吴觉农老先生赠送了两盒径山茶。品尝之后,吴老毫不犹豫题写了"径山名茶"四个大字。

这一题词,使新科名茶径山茶获得了一次更权威的认定,是余杭名茶战略中浓墨重彩、影响巨大的一笔。

余杭成立了径山茶行业协会,推行的基地认证、生产标准、包装标识、品牌、市场营销、行业监督的"六统一"管理,成为全国茶叶行业管理的样板。

2004 年,径山茶获"浙江省十大名茶"称号;2005 年,径山茶在美国、新加坡等 10 多个国家和地区申请了国际商标注册;2008 年,径山茶被列入北京奥运会接待用茶;2009 年,径山茶再次获"浙江省十大名茶"称号;2010 年,"径山茶"被认定为中国驰名商标,列为上海世博会礼品茶;2011 年,径山茶获"浙江区域名牌"称号,入选 2011 最受消费者喜爱的中国农产品区域公用品牌;2014 年,径山茶被认定为国家地理标志保护产品;2018 年,径山茶通过农业农村部农产品地理标志登记专家评审,在第二届中国国际茶叶博览会上更是获得金奖殊荣……

这里还要特别提到一位茶人,杭州市人民政府原副市长,曾任余杭区委书记的何关新先生。何先生是名副其实的茶人,他从小在茶山边长大,1978年8月毕业于浙江农业大学茶叶系,后来分管农业农村工作多年。他对径山茶产业的发展、径山茶宴的研究与普及倾注了大量心力。2017年,他担任杭州市茶文化研究会会长,自此以茶文化研究为己任,助推茶产业发展。

余杭每年都会举办"中国茶圣节"。茶圣节也是何关新的点子,至今已坚持举办二十余年,名声在外,成为业内很有影响力的茶事活动。

可以说,正是有金雅芬这样的拓荒者以及像何关新这样的坚定支持者,径山茶的产业复兴才有了"靠山"。那些年里,径山茶重振了声名,径山茶园扩大了面积,一批又一批径山茶农和茶人"冒芽"成长。

径山茶的第三次出发,则可以从余杭区"茶办"的设立算起。这一次出发,我们见到了径山茶山上山下抱团、新老茶人同台、禅茶引领众茶发力的景象。

2022 年,余杭成立了一个特殊的机构——余杭区径山茶发展领导小组办公室,人们称它"茶办"。

"茶办"的规格,不可谓不高。"茶办"隶属于杭州市余杭区径山茶发展领导小组,余杭区委、区政府主要领导出任双组长,区政协主席是排名第一的副组长,另有十多位副区级领导出任副组长;区财政每年拨给径山茶发展的专项资金约 1 亿元。这样的规格与配置,十分罕见。

余杭是以数字经济、科技产业闻名的"浙江经济第一区",也是杭州市新一轮发展中最重要的城市新中心。在余杭,农业产值占 GDP 比重已经很小很小,而农业之中,茶产业的占比更可"忽略不计"。在这样的背景下,余杭何以重视小小一片树叶?

这显然不是小题大做。

杭州市委常委、余杭区委书记刘颖给径山茶的定位是:"我们要把径山茶打造成余杭文化的'金名片'、三农发展的'金叶子'、乡村共富的'金钥匙'。"

这三个"金",就是习近平总书记"三茶"统筹理念引领下的余杭思路和行动。

2023 年开始,余杭举全区之力建设良渚文化大走廊。这条良渚文化大走廊，呈东西走向，以"中华第一城"良渚古城遗址为中心，西望径山，东携运河，良渚博物院、国家版本馆、古镇、老街散落其间，宛如玉带，横贯东西，串联古今。这条良渚文化大走廊有项很重要的使命，就是探索文化赋能共同富裕，打造高品质共富之廊。

五千年文明看良渚，城乡共同富裕看径山。

发展径山的茶产业，正是在当下社会推动城乡共同富裕具有样本意义的工作。

"茶办"成立后，开展的第一项工作，就是从全产业链审视径山茶茶文化、茶产业、茶科技统筹发展的未来方向。

2022 年 8 月，余杭出台了《径山茶"五化十条"行动计划（2022—2026 年）》，形成区茶办、镇街部门、国有公司、茶叶协会、茶企五方协同的严密体系，按照"聚焦三茶统筹，打造三金产业"的总体要求和目标，从品牌升维、市场拓展、品质升级、科技人才、产业融合、文化挖掘等 10 个方面对未来 5 年径山茶产业的提升做出安排部署。

杭州市委原副书记、中国国际茶文化研究会副会长张仲灿对余杭"茶办"的工作给予了高度评价："这是一套'组合拳'，规格之高前所未有，力度之大前所未有。"

放眼全国,一个县(区)对于茶产业如此重视,委实不多见。"茶办"统筹推进径山茶文化、茶产业、茶科技建设,以"三茶"统筹为引领、坚持"五化十条",开启了径山茶发展的新征程。

如今,以径山茶为主导产业的余杭区国家现代农业产业园,已打造成全国高端精品茶叶生产区、全国茶旅融合发展示范区、全国城郊型乡村振兴引领区以及国际禅茶文化交流中心。

2022年12月,根据余杭区委、区政府要求,作为新组建的区文旅集团下属一级子公司,杭州径山茶发展有限公司成立。

径山茶发展有限公司,是要做径山茶品牌的建设者、示范者、引领者。它带着使命而来。

我们写这本书的时候,这家公司迎来了它的一周岁生日。一周岁的起点,正好是农历甲辰龙年。它的理想是,通过三到五年的努力,真正成长为径山茶产业发展的"龙头",带着"龙身""龙尾"一起舞动起来。

2024年初的余杭区"两会"上,前一年径山茶的"成绩单"被写进了余杭区政府工作报告。报告说,径山茶全产业链产值超50亿元,打响了"天下禅茶出径山"品牌。报告对新一年的径山茶发展提出了明确要求：做优做强茶产业，确保年销售额超 9 亿元，径山茶全产业链产值超 55 亿元，径山茶区域公共品牌价值突破 35 亿元。

径山茶的第三次出发，正在路上。

春山雅集

甲辰暮春,风和日丽。

径山之巅的茶田里,高朋云集,众人在此恭祭茶祖,开采春茶。

每一年的春天,都有一场这样的春山雅集。万物欣荣,花开四野,人们从四面八方汇聚而来,为的是那一杯春日的清茶,为的是满园的春光,也为的是听松风,观流云,吟诗作赋,弹琴赏花。

一些仪式正在进行——敲击茶鼓,敬奉贡品,点烛敬香,躬身行礼。此时,径山寺方丈正带着径山茶农们,以最虔诚的方式,来祭拜径山茶的鼻祖:国一大觉禅师法钦和茶圣陆羽。

眼前春山雅集的一幕幕,不由让人想起永和九年(353)的那一场千古聚会。"群贤毕至，少长咸集。此地有崇山峻岭，茂林修竹；又有清流激湍，映带左右，引以为流觞曲水，列坐其次。虽无丝竹管弦之盛，一觞一咏，亦足以畅叙幽情。"

山水，松风，流云。这些事物既清新，也古老。看来，对于美好的追求，古今同一。

千年前的法钦、陆羽，千年后的金雅芬、何关新，以及众多茶人、茶文化爱好者及茶学生，也在这一个时空里相遇了。

不妨想象一下，若法钦禅师从画像中走出来，步入这生机勃勃的茶田，见得当年自己手植的几株茶树，已然繁衍成无边辽阔的茶园，一定会觉得欣慰吧。

若陆羽来到众多茶人中间，见炉火生起，茶烟袅袅，自己曾经吃茶著经之地已是茶学绵延、茶事兴盛，一定也会喜笑颜开吧。

想当年，北宋王诜主持的西园雅集，流芳千年。有没有人愿意画下一幅《春山雅集图》，将千年前的法钦、陆羽，千年后的金雅芬、何关新、戒兴法师，以及众多茶人一起，画入这径山长卷之中？

金雅芬年事已高，行动也不是太方便。但此刻的她，仿佛重回与径山茶相遇的美好年华——正是那时的遍访茶山，拓垦荒山，才有今日山上山下的茶业复兴；何关新，这位当年余杭的老领导,用古时的话说是"县令",此刻也与众茶人抚琴唱和,共坐饮茶,享神游之乐。

还有数十位茶学生,此时得以与法钦禅师、陆羽茶圣等大师神会,亦与金雅芬、何关新等茶人前辈共品香茗,再拜当下的径山茶炒制大师们为师,将径山茶炒制这一非遗技艺传承下去,书写径山茶新的篇章。

的确,径山茶取得今天这样的成绩和影响力,径山茶人都很振奋。

经历了第一代茶人群体的拓荒,如今的第二代年轻茶人正在齐刷刷地冒出来,他们拓宽了径山茶产业疆域,也扛起了发展径山茶的大旗。

"80后"茶人章红艳、"90后"茶人周颖、径山村茶文旅实践者马宽、作家李素红等人,就是其中的代表。

章红艳创办了工作室、茶艺社团,联合了活跃在各区域的文化青年,创作了大型茶文化宣传展示活态作品"径山茶汤会",先后代表余杭赴香港、青海、上海、北京等多地,开展径山茶文化宣传推广活动。

她现在已经是国家高级茶艺师、评茶员,同时也是一位名副其实的茶人。除了五峰山房,章红艳还有另外两间茶馆,一间在瓶窑老街,一间在双溪古镇。她请了表姐帮忙一起经营茶馆。表姐以前只是普通的村民,现在已然是老街的党支书,还当选了区人大代表。这些年,姐妹俩一起开茶馆,做茶艺培训班,还做了很多公益。

"90后茶二代"周颖,父亲周方林是径山茶炒制技艺省级非物质文化遗产唯一传承人。周颖大学毕业后,接过父亲手里的接力棒,回到径山镇做起了茶农。她所建立的径山茶仙子团队,致力于丰富茶产品、宣传茶文化,不断通过新的形式,让更多年轻人爱上径山茶,让茶文化成为国潮新风。

她经常到茶园中向老茶农学习,了解茶树的生长情况、茶文化的历史渊源、制茶的操作技巧,即便是冬季她也坚持到一线了解情况。经过努力学习,周颖先后获得了国家级茶艺师、评茶员、高级农产品经纪人等资质。

周颖坚持传统与创新结合,研发出了径山"花香红茶""桂香径红";她还以"互联网+"为传统销售扩展新渠道,开设了径山村第一家销售径山茶的网店,在淘宝、抖音等互联网平台直播带货,推广径山茶。

曾经远赴他乡追寻理想的李素红,前些年返回家乡余杭,在山野之间，打造自己的理想生活。她打造了一家茶生活民宿，种茶，做茶，与茶厮磨。她将她热爱的文学、书法艺术，融入家乡的径山茶中。茶叶的包装是她自己设计的，包装上的文字是她的书法作品。这一整个美学系统，塑造了她手中这杯径山茶的灵魂。

此时此刻，径山脚下的村支书俞荣华，心里也有一个更大的梦——他想借助径山禅茶的文化影响力，把径山村打造成"中国禅茶第一村"。跟随他的脚步，漫步在禅茶新村，粉墙黛瓦、小桥流水，茶与禅的融合颇为动人。

目前，径山村村内有 10 家茶企、12 家精品民宿、78 家农家乐，还有多家文化公司、文创公司入驻。2023 年，径山村村民人均可支配收入为 5.2 万元，这一年，浙江农民人均收入首破 4 万元，为 40311 元。

......

眼中有光，心中有梦。

山中那一条蜿蜒漫长的敬香古道，也是一条遗迹斑驳的茶之古道。每一次，俞荣华带领客人走上那条沧桑古道的时候，就会感受到一股文化的力量、时代的力量。它从唐风宋韵里绵延而来，也一直延伸到遥远的时空中。

第二章　一茶·一生

吃茶。且吃茶。不如吃茶去。其实吃茶不只是吃茶，它是吃茶那一刻的超然物外，月映其中，只是那一瞬的时空折叠，一瞬便是永恒。

径山茶的道在哪里呢？应该是在它的美。这种美，是文化之美，精神之美。

一碗茶汤，滋养精神。径山茶人的故事里，始终不变的，就是对于美好事物的执着追求与热爱。

径山茶的美，值得更多的人去挖掘，去传播。

径山问茶

在径山寻茶之途中,凡提到径山茶的发展历史,人们都会提到一个人的名字,说她是径山茶的大功臣。

她就是金雅芬,人称"小金姨娘"。

20世纪60年代,宁波姑娘金雅芬成了浙江农业大学茶叶系的一名学生。1964年毕业后,她被分配到余杭县农业局工作,成为当时全县唯一的茶叶干部。

上班第一天,金雅芬就迟到了。她兴冲冲跑到老余杭,一打听才知道,自己的工作单位在临平。

当时,从老余杭去临平,要先坐车到武林门,再转车去葵巷,那里才有去临平的车。

一路折腾五六个小时,到单位都快下班了。负责接待的同事只说了句：我们要的是男的，怎么来了个女同志。

没想到，就是这个文弱的女同志，后来挑起了复兴径山茶的大梁。

因为上班的地方距离茶园很远，金雅芬经常清晨从临平出发，花大半天才能到老余杭，然后再步行很久，到径山脚下的双溪，去茶园指导茶农生产。

那时，茶叶以出口为主，茶园里春夏秋三季都要采茶，茶叶的产量也不高，茶农非常辛苦。

20 世纪六七十年代，浙江地区的茶叶主要是杭炒青和遂炒青两种。炒青之外，高档茶也就龙井茶"一叶独秀"，有点名气。除了杭州龙井，还有一些旗枪，主要出自西湖区的龙坞、留下和余杭县的闲林、石鸽等公社。

"茶农太苦了。"这是金雅芬对茶农的印象，也让她心里很不好受。

她希望运用自己所学知识，帮助茶农提高产量，增加收入。看到余杭中泰一带桑园搞密植技术，因为高产全国出名，灵机一动，她决定尝试茶园的密植技术。她带人深挖 50 厘米的土层，一层土一层肥地覆盖，来密植茶树。

1973 年种下的茶籽，1974 年亩产竟达到 99 公斤，吸引了全杭州的茶叶干部组团来参观。

1976年,密植茶园的亩产突破了500公斤。

凭着这项技术的推广应用,生产大队种一亩密植茶园,县政府还补贴10元钱。

到1976年,余杭一跃成为全国年产茶叶超5万担的产茶大县。

茶叶产量飙升,但当时的茶叶生产并未给农户增加太多收入。柴米油盐酱醋茶,茶排在开门七件事的最末一位,农户一年到头种茶采茶,不过是刚好温饱。这跟余杭当时茶叶的特点有关——当地生产的炒青茶,都是一些低端货。茶农辛辛苦苦炒制的茶叶,只能被当作杭炒青统货卖给茶叶公司,每斤价格只有2.35元。

虽然茶叶公司出口的价格比这高许多,但农民收入并不会因此增加。

有一次,省农业厅组织茶叶干部去梅家坞开会,金雅芬喝到一杯龙井茶,听说这种茶一斤能卖10多元,心里非常羡慕。

她品着茶,觉得余杭的茶也不比这个差,价格怎么差这么多?如果价格能卖高些,农民就能多点收入,日子也可以过得松快点。

1978年春天,这一年春茶采摘工作结束,浙江省农业厅茶叶科组织重点采茶县相关负责人开座谈会,提出发掘历史名茶的设想。会上要求,各地要根据自身特色,恢复历史名茶,尝试走精品化路线。

代表余杭去参会的农业干部金雅芬一听,也开始思忖起来——余杭的历史名茶在哪里呢?

参加座谈会回来,这位对全县茶叶生产情况了如指掌的农业局茶叶干部,日思夜想,希望能找到余杭的历史名茶。一段时间后,她脑海中冒出一个想法:高山出好茶——余杭的历史名茶莫非就在径山?

第二天她就跑去档案馆翻资料,果然在资料中找到了径山茶的信息,这一下,她兴奋不已:

"原来,径山茶是唐代就有的历史名茶,比龙井茶历史悠久,现在,被人忘了,实在可惜。"

于是,她立刻给县政府打报告,要求着手调研恢复径山茶。不久,她的报告得到县里支持的回复。

可是这个时候,径山茶几乎已经被世人遗忘。

自清中叶以后,径山茶逐渐销声匿迹。鸦片战争爆发后,中国开放商埠,茶叶成为最大宗的外销商品之一,其中并无径山茶的身影。

1963 年,径山寺在康熙二十二年(1683)重建的殿宇也已经倒塌,只留下一座孤独的钟楼。

径山这个地方还有茶吗?有。径山村部分的茶园还有,但生产出来的茶叶只不过是普通土茶而已。径山茶的名声,已消失在历史长河之中。

金雅芬上了径山。径山主峰海拔七百多米,上山只有一条崎岖的古道。山下的双溪,有金雅芬指导生产的密植茶园,但径山上有没有人种茶,她也不知道。

双溪有座庙,和山上寺庙有联系,茶农去打听之后,就带着金雅芬上山了。

金雅芬带着两个粽子,走了一个上午,终于到了径山寺,这里曾经被毁,现在只残存着破烂房子,门口的大香炉倒是完好。

爬了半天山,两人又热又渴。在山顶看到一户农家,两人前去讨一口水喝。

这家人大人不在,家中只有个十来岁的男孩。听说陌生人要喝水,这孩子从土灶头拿出一包毛纸裹的茶叶。金雅芬打开一看,这茶长得有点像霉干菜。

灶头上烧着热水,孩子拿土碗给泡了一碗茶。

咕咚咕咚,金雅芬两口就喝完了。这碗茶,让金雅芬大感意外,一股浓浓的板栗香在唇齿间回荡,她不禁脱口而出:"好香!"

"还能再来一碗吗?"她惊喜地问,"你这茶叶是哪里来的?"

孩子回答:"我们就是山上随便采的,山上还有好多茶树。"

原来,径山茶名声虽已湮灭,但在这片山野,仍有茶树倔强生长。

他们跟着孩子上了山,果然找到了几棵茶树。那茶树有一人多高,粗壮如柴刀柄。

金雅芬采下几片叶子,在手中揉捻,一时难掩心中的兴奋之情,原来这片山野之中,真的有野茶留下来。

是的,径山早在唐代法钦驻锡以前,已有颇多野生茶树。

俞清源先生在 2003 年出版的《径山茶》"得天独厚产茶乡"一节中写道:"径山自古有野生茶,就如今说,26 平方公里的山峦中,到处可以找到野生茶的遗迹。据 50 岁以上的径山老人说,早年如柴刀柄粗的茶树常有看见。1992 年 4 月下旬,台北的茶艺家白宜芳先生,慕名考察了径山茶,在棋盘石附近发现了唐代野生原茶品种。"

径山老农的陈述、白宜芳先生的发现,没有经过权威部门的验证,只能作为"径山自古便有野茶"的参考之说。但早在中唐,就有法钦禅师随手植茶树的记录,说明其地本身就有野生茶。陆羽《茶经》里说,"野者上,园者次",也说明野生茶在当时并不鲜见。法钦手植,只是径山茶人工栽培的开端。

金雅芬当时在径山上找到的茶树,就已然是野生状态。

这茶太好了!恢复名茶有望了!

回去后,金雅芬又给县政府打报告,说明了径山茶的状况。一个月后,径山茶的恢复工作,便得到了县政府的财政支持。金雅芬争取到2万元资金,在当时,这堪称巨资。

接下来的几天,她再次上了径山。

那时候,径山完全是未开发的深山,山路崎岖,上山基本就靠步行,路途遥远且要艰辛跋涉。一碰到雨天,泥泞的路面让人两腿裹泥,一不小心就会滑倒摔跤。

但即便是这样的困难,也没有吓住金雅芬。

她一住就是半个多月。一家家跑农户,一户户做工作:"我带着你们把径山茶搞出来,好不好?"

当时,径山上一共 43 户人家,160 多口人,长居深山,他们主要靠砍伐毛竹为生,没有人以种茶为生。听说这个外乡女人来动员大家种茶,都犹犹豫豫,不知道此举能不能带来好处。

金雅芬也没有别的法子,她干脆就在山里农家住下来,平时跟大家聊天、干农活,闲下来就拉扯一些种茶的事。慢慢熟悉起来,金雅芬的执着打动了大家,一家一户地,慢慢有了愿意种茶的人。

这时候,茶种就成了问题。

金雅芬又一次向县政府打了报告。

余杭县农业局对径山村名茶恢复工作极为重视,在技术上、资金上大力扶持。金雅芬又通过省农业厅、市农业局,"开后门"弄了几千斤"鸠坑"良种。然后,把国内茶叶种植权威李力标教授请来,指导农民垦出 30 亩荒山,播下茶种。

1978 年的冬天,2000 斤茶树良种播在了径山上新开垦的 30 亩茶园里。位置主要在径山寺的寺基前,后来发展成大队的副业队、茶场。茶籽种下的第二年,茶苗长势良好。

山里原来不通路不通电,金雅芬带着"金种子"上山,让大家看到了希望。一声"小金姨娘",就是从那时叫开来的。这一叫,就叫了几十年。

摸清家底

对于 20 世纪六七十年代茶叶生产的艰辛，吴茂棋也有切身感受。

吴茂棋是杭州临安人，生于 1944 年。1964 年考入原浙江农业大学茶叶系，1968 年毕业后，被分配到余杭县工作，从事基层茶叶技术推广工作，后也涉足茶文化研究，著有茶专业论文十余篇。

那时候茶叶系学生不多，每一届只面向全国招 30 个人，这些人也不一定能全部毕业，即使毕业，也不一定会从事茶工作。那个时候"以粮为纲"，教学工作是农林牧副渔综合平衡，所以只要能从农大毕业，不管是什么系，多少都懂得农学的各个方面。只有少数学生会被分配到茶产量比较多的地方，这部分人就渐渐成为职业茶人，专门做茶叶工作了，吴茂棋就属于这一类。

当时实行集体经济，茶叶生产也比较规范化，与粮食一样，茶叶也实行统购统销。那时中国能出口换外汇的只有两样东西，一样是丝绸，一样是茶叶。那时国家对茶叶特别重视，因为这关系到国计民生。国家有一句话，"山坡上要多多开辟茶园"，有这样一个指示，大家积极性也高。

计划经济时代，茶叶讲产量。要拿茶叶出口换外汇，就要高产，千方百计谋求高产。

在茶叶质量把控方面，全国进行茶类区划。余杭、临安，包括杭州西湖，被划为炒青生产区。其中，龙井茶是附带的，主要的茶类还是杭炒青。

吴茂棋是我国著名茶学家、茶树栽培学科奠基人之一庄晚芳的学生。庄晚芳引进了栽培学，结合中国的传统茶叶栽培情况，改编为中国的《茶树栽培学》。

当时，茶园的种植方式、方法、技术，都有完整的规定，采茶的要求也非常规范，如一芽一叶初展、一芽二叶初展、一芽三叶初展……采摘要求，全国一个标准。采下来之后怎么加工，第一道杀青怎么做，杀青几分钟，温度是多少，杀青到什么程度,干燥到什么程度,都有严格统一的茶叶制作工艺标准。

产品标准也严格统一。一种茶叶,无论是在余杭购买,还是到上海、北京购买,只要报出它的编号,拿出来的产品都一模一样,都是一个标准下生产出来的。

所以,外国人到中国采购茶叶,根本用不着讨价还价。你要什么茶?我要9371,或者8147。一问一答,编号一报,客户都不用看样品,买到的东西肯定是一样的。

这个编号叫"卖号"。因为茶叶品种太多,一个炒青,有很多卖号,因为茶叶经过分散,要严格按照一定的程序进行分类。专业的人,会把卖号记在脑子里。生产的山头不一样,地区不一样,茶叶也不一样。农民生产,只到毛茶为止。当天晚上生产完,第二天早上就卖到收购站。

农业部门负责指导茶叶的栽培、采摘和加工。全国的供销社,按照全国的标准统一收购,把收购进来的毛茶统一调配。如杭州地区的茶叶,就统一调配给杭州茶厂。杭州茶厂负责精制加工。

各地来的茶叶千差万别,茶厂负责审评。这种茶叶入什么仓库,那种茶叶入什么仓库;明天,某某仓库某某号茶调几吨,某某号茶调几百斤……都根据国家的标准进行统一调配。

杭州茶厂,有专人负责拼配,这个负责拼配的人叫拼配师。拼配师有的时候还要到外地去调拨茶叶。比如感觉这款茶尝起来好像还缺点什么,就要拼配进去。因为一款茶叶,要按照国家的标准生产一模一样的。吴茂棋认为,这种标准化,中国历史上没有过,全世界也从来没有过,这是那个时期的产物。

当时的茶叶,农民根本不担心卖,只要老老实实按照标准生产就行。因为茶叶是出口物资,当时做茶叶产销工作的人,自己要喝点茶,也只是喝挑剩的次等茶,即便是次等茶,也是要经过分配的。百姓也是要喝茶的,所以当时有一部分茶叫"内销茶",用于保证供应居民。当时买茶叶,都需要茶叶票。

这也是一个特殊的历史时期。

1978 年,在学术界以茶界学者庄晚芳为代表,管理部门以王家斌为代表,就开始认识并提出,茶叶生产,量要转化为质。

吴茂棋在余杭参加工作之后,一直在基层从事茶叶技术工作,跟茶农一起搞生产。从规划生产、茶园发展,到茶株培育管理,再到茶叶采摘、加工,一直到将成品茶交给供销社为止,全过程茶叶技术人员都要参与,一年到头都有事情干,没有一天空闲。当时农民开玩笑说："你们茶叶技术员，比我们农民还要辛苦！"

其实，在吴茂棋看来，技术员和农民一样辛苦。

茶叶经济对人民公社的三级经济——公社、生产大队、生产队来说，太重要了。如果茶叶卖不出去，农民的收入就会下降，社员分红都分不了，这个是很现实的问题。吴茂棋对此记忆非常深刻。

1979年，吴茂棋被调到县里，从事茶园普查工作。

这是省农业厅布置的任务。

吴茂棋带了一支小分队，共六个人，开展茶园普查。他们要以千分之一的比例，把整个余杭县的茶园绘制成图，面积准确到几亩几分几厘。吴茂棋教大家如何使用水准仪、罗盘仪、平板仪、圆规等等。

这张余杭全县的茶园面积图，是小分队在野外，整整用了两年时间，一点一点画出来的。那个时候没有旅馆，他们像地质勘查队员一样，背上标尺、仪器、被子、草席等在野外工作。有些村里会提供一个屋檐，如果冷的话，村民会为他们铺好稻草。到了大队，白天由队员送饭上山，有时山上没有房子，他们就在凉亭过夜。

天亮了,他们在野外醒来,把稻草、席子等收拾好,干干净净的,不给大队老百姓添麻烦。那时,好多工作都必须在山上进行,要是晚上下山休息,工作就做不完。

1982年,吴茂棋他们完成了全县的茶园普查,得到的数据显示,全县有46000多亩茶园,这个"家底"就知道了。

在此过程中,吴茂棋走遍了每一个茶园,每一座山头。

当时国家还在号召多多开辟茶园,供销的隐藏矛盾还没有显现。所以同时,吴茂棋他们还做了可发展茶园的资源调查,如化验土壤、植被调查、水利情况等,也同时绘制成图,提供给县委、县政府作为决策参考。

再后来,吴茂棋被县里派去做大农业调查,叫"余杭县综合农业区划",几百号人的队伍,他担任负责人。这一干就干到了1984年,这个过程中,他不仅看到了茶业的生产情况,也观察到了整个余杭县农林牧副渔等产业的情况。

一举夺冠

1978 年春天，当庄晚芳、王家斌等老一辈茶人提出，要恢复一批历史名茶时，还有人持不同意见。

"当时，还有些同志不屑一顾，实际上，这些专家学者非常有忧患意识，也有远见。"吴茂棋说。后来证明，走名茶路线是完全正确的。

时任余杭县农业局茶叶技术推广站站长的金雅芬是径山茶恢复工作的负责人。1979 年径山茶恢复工作小组就开始发展优质茶，即一芽一叶或一芽二叶初展，对比原来的大众茶定位，这是一个很大的跨越。

"这是对茶叶品质认知上的飞跃。"

在这个历史背景下，1979 年，金雅芬接到了一个棘手任务——当年,省农业厅要举办全省名茶评比,点名让余杭参加。

"山上的茶树,去年才刚种下,今年怎么参加评比?"

虽然心里没底,金雅芬还是赶制了四个样品,选出两个好的,取名余杭1号、余杭2号,送去参加评审,竟然得了第一名。

余杭2号是卷曲型毛峰茶,正是今天我们喝到的径山茶。

其实,当初送选的四个茶样中,既有烘青式,也有炒青式,获奖的是烘青式手工毛峰。

毛峰茶是中国名茶的一个大类,有黄山毛峰、信阳毛尖、都匀毛尖等,其加工方式,大致都是杀青之后烘干定型。

第一次参加全省评比,径山茶小试牛刀,居然一举夺冠!

这极大地鼓舞了余杭茶人。

不过,这一批送评获奖的茶,并非新培育的30亩鸠坑种,而是径山上的野茶。这次比赛的结果,刚好印证了陆羽"野者上,园者次"的经典理论。

但是新培育的30亩鸠坑种还不知品质如何。

余杭县里此时已对径山的气候、土壤等自然条件进行了科学考察,基本得出了结论:径山适宜种茶。

再加上关于径山茶的历史记载，人们相信，只要茶园选址适当、育种优良、管理到位、工艺先进，新生代径山茶一定能媲美"古典径山茶"。

"古典径山茶"，也就是古代的径山茶，又是怎么样的？

这就要从径山茶的工艺说起了。

唐代的径山茶，是蒸研团饼。两宋时期，是团饼与抹茶兼做。宋代东传日本的工艺，就是径山抹茶工艺。鲜叶蒸后，直接烘焙至干，饮用时碾成末茶。南宋时开始出现的可用小缸贮存的径山茶，应该理解为蒸青散茶。

唐宋时的团饼类茶，后来发展为边销紧压茶。新中国成立后，国家指定川鄂等省专门的茶厂定制生产此类茶，因而紧压茶在江浙一带基本绝迹。径山茶如果要复兴，不可能再启用这种加工方式。

而散茶的蒸青工艺，在元朝王祯《农书》上虽有详细介绍，但未必就是径山小缸贮存工艺。有学者认为，历史上盛行一时的径山小缸散茶贮存工艺已经失传。何况，从日本的蒸青茶情况来看，蒸青茶也不太符合当代中国人的口味。

在清代至民国，径山茶则有过炒青制作的先例。径山山高，气候寒凉，茶芽迟发，至谷雨仅可采单芽，称芽茶，至为珍贵。谷雨后的细嫩芽叶，一般炒制旗枪。

金虞《径山采茶歌》说，"一旗一枪无几枝"，虽然是写鲜叶，但其反映的也可能是后世旗枪茶那样的炒青，容易在开汤后显示"一旗一枪"的形式美。

晚清以降，中国绿茶制作主要呈现为烘青、炒青两大类型。大宗的炒青、烘青，在20世纪30年代后期开始逐步走上机械化加工道路。到20世纪60年代，杭州本地制茶已完成机械化升级。那么，新生代的径山茶工艺究竟该如何选择呢？

这是摆在径山茶研制团队面前的一大课题。

金雅芬说，径山茶的工艺要求，从一开始就是很高的标准。

因为，要打造最具自家特色的径山茶，就意味着要符合历史上"特异他产"的要求。茶叶的色、香、味，往往取决于气候、土壤、海拔、纬度、坡度、阳崖阴林等自然条件，而茶的工艺形制，则是锦上添花的重要一环。

女人的细腻、较真和精致，淋漓尽致地体现在金雅芬对径山茶工艺的要求上。

为了给径山茶炒制工艺定型，金雅芬做了上千次试验。

如果按西湖龙井茶炒法，色泽达不到要求。

若按杭炒青炒法，茶易断易碎，芽叶难以保持完整。

用半烘半炒法，色泽和香味均欠佳。

炒青、半烘半炒、扁茶龙井形……她和茶农一起，也与炒茶师傅一起"蹲"在车间，一点一点耐心尝试了许多种形制方法，最后才定下烘青工艺。

唯有按烘青工艺，才能既充分发挥径山茶色绿、香高、味醇的独特风格，又保持芽叶完整，成茶条索紧细，芽峰显露，色泽翠绿，开汤后朵朵翠芽亭亭玉立，汤色嫩绿莹亮，叶底细嫩明亮。茶香持久，滋味醇厚。

金雅芬还坚持，特一级茶，每500克要一芽一叶或一芽二叶初展的嫩芽3.5万个，她真的一个个数出来！

送去评奖的茶样，她也是一点一点手工分拣出来！

多年以后，中国茶叶界唯一的工程院院士陈宗懋先生感慨说："径山茶制作的这股认真劲，放在全国都是第一流的。"

然而，经历许多次试验，最终敲定的烘青式毛峰工艺，是不是就经得起时间的淘洗呢？

径山茶在色、香、味得天独厚的优越条件下，选择最佳的形制特点，就变得尤为重要。同时，不能仅考虑小产量的手工形制，还要有将来大生产之后，机械加工的前瞻性思考。

经过 1980 年、1981 年的不断试制，到 1982 年，径山茶最终定型为独特的烘青式径山茶。

这三年，即便径山茶制作工艺还在摸索改善，仍然连年在评比中夺冠。

径山茶，作为历史名茶，在今天的复兴，乃是对古典径山茶的继承和创新。这种"继承"，主要是指产地的继承；这种"创新"，主要是指工艺的创新，它完全是创新的径山茶。

1979 年至 1982 年，径山茶连续四年获奖，夺得"浙江省十大名茶"称号；1983 年，径山茶被农业部授予"中国名茶"称号；1987 年，径山茶在全国名茶评比中，夺得第一名和并列第二名的佳绩。

径山上的茶有板栗香，四岭上的茶有兰花香，娘娘山上的茶自带花香……后来，金雅芬又根据不同山头、不同茶园的茶叶特点，开发出几款新茶，不断丰富径山茶的品类。

径山茶一跃成为浙江省"名茶中的名茶""明星中的明星"。

这种成就，引起了茶叶界的高度关注。

在 1979 年 9 月出版的、庄晚芳教授领衔编著的《中国名茶》一书中，列有 13 种浙江名茶，径山茶尚未在录。1982 年，径山茶获得"省级名茶"称号,省农业厅为其颁发了"浙江省名茶"证书。径山茶的迅速崛起,与一群茶人的孜孜追求、不懈努力显然是分不开的。

径山茶作为全省的名茶,其制作工艺也基本定型——

第一步,采摘。

径山因其山高多寒,春来较晚,清明时几乎无茶可采,谷雨时茶芽初展,但还是"一旗一枪无几株"。为确保名茶质量,径山还是在谷雨前开始采摘新茶。那时,一个茶娘采摘一天,多者不过2公斤,少者只有1公斤,确实不容易。径山茶采摘有严格的标准,嫩度上为一芽一叶或一芽二叶初展,精制0.5千克特一级名茶,约为3.5万个嫩芽。要求在晴天露水干后采摘,同时要做到"五个不准",即不准带茶蒂,不准带奶叶老叶,不准摘伤茶茎,不准摘碎叶芽叶片,不准带病叶和虫叶。

第二步,拣叶。

拣尽茶蒂、茶枝、余叶、病叶、缺叶等。

第三步,摊青。

把采回的鲜青叶均匀地撒在竹席上,于阴凉通风处摊晾,时间在3小时以上,但不能超过12小时。摊青的目的,一是把其夜间蒙受的露水、雾水晾干。二是促使鲜叶发生物理变化,使叶质变软,青草气基本消失,形成果香和鲜爽滋味。当然,果香和鲜爽滋味,主要是该茶叶中先天含有此种物质,如本来就无,摊晾再多时间也是白搭。三是分离泥灰,茶叶生于野外,必为尘土所染,晾干后可使尘土掉落。

第四步,杀青。

先将摊晾后的鲜叶翻抖一遍,使茶叶所沾染的尘土掉落。然后,拿到旺火燃烧的斜锅上杀青。锅温要控制在 200 摄氏度左右(肉眼见锅壁起白灰色)。制茶师以手进行扬、抖、捺、揉等动作,完成鲜叶杀青全过程。杀青,是制茶工艺的关键,举足轻重,既要用旺火破坏茶叶中酶的活性,又要防止产生红梗红叶和烟焦味,使茶叶保持翠绿色泽。这道工艺完全在于制茶师的一双手,其重点是对温度和技术节点的把握,要做到环环相扣、恰到好处。

第五步,起锅摊凉和揉捻操作。

把完成杀青的茶叶起锅摊凉,然后放到微型揉捻机中进行揉捻,把茶叶揉成紧结美观的条索。要掌控好时间以及机械压力的轻重,以保证芽叶的完整紧结。

第六步,烘焙。

烘焙分初烘和复烘。烘焙工具是用细竹丝编制的烘笼，上面铺放洁净白纱布，把揉捻好的茶叶薄薄地撒摊在纱布上，把烘笼安放在白炭火上烘焙。初烘，把茶叶烘到七八成干。复烘，将二至三笼经过初烘的茶叶合并为一笼，拌均摊匀，再用文火慢慢烘干。干茶标准，要求含水量在5％以下。烘焙要领是把控炭火力度，达到干而不焦的程度。要选用无烟的茶园栗木类白炭烘焙。

第七步，贮藏。

干茶极易吸收潮湿和外来气味，若保存不当就会变质，从而造成经济损失。径山云多雾多湿度大，对干茶的保存要求尤高。保存茶叶一般用石灰缸。选择口小肚大的陶土缸，底层放入未风化的新鲜石灰，数量约为缸容量的四分之一。石灰上面铺一层无味的白纸，将烘焙好的茶叶装入缸中，待完全冷却后加盖密封。这样存放的目的，是保干燥、保香味、保色泽。也可采用内衬箬叶的竹篓存茶叶，如能做到密封不漏气，则其香、味更好。

这几道工艺，真正的功夫，还在于制茶师的精湛手艺。

径山茶在内涵素质优异的基础上，再经制茶师的精心加工，成为色、香、味、形俱佳的高档好茶，受到中外茶界人士赞赏。

随着科技的进步,后来径山茶工艺中的许多程序也已被机械所代替。如杀青,采用微型滚筒杀青机,可更好地达到杀匀、杀透,叶质柔软而稍有黏性、色泽翠绿的标准。揉捻亦采用微型揉捻机,达到既揉紧条索,又不至破碎的要求。

由此,径山茶已经成为"明星中的明星"了!

它的品质特征,专家们是这样形容的——

"外形细嫩显毫,色泽绿翠,汤色嫩绿明亮,香气嫩香持久,滋味鲜爽,叶底细嫩成朵,嫩绿明亮。"

1998年,"径山茶"商标成功申领中国原产地保护证明商标,拿到的其他金奖级奖项更是不胜枚举。

百花齐放

《余杭县志》中曾说:径山茶"至凌霄峰尤不可多得"。

当年,金雅芬在径山上进行茶园面积扩展时,曾看到县志上提过凌霄峰上有种茶的历史,于是便产生了在凌霄峰上种植茶叶、发展茶园的想法。

依据现代观点,凌霄峰栽茶,似乎海拔偏高。

当时村民都建议,不要在凌霄峰上种茶叶。因为那时凌霄峰上连药材都种不活,种什么就死什么。

金雅芬也很担心。

"担心如果把巨大的人力、财力和精力投在凌霄峰上,却种不活的话,损失会比较大。但想到县志上的记载和现场查看山上的土壤,我又觉得这个地方种茶叶还是合适的,因为有机质含量比较高。"

为了避免盲目种植,金雅芬从中国茶科所邀请当时国内种植栽培界的权威人物李联标教授前来指导。

当时,李教授已有70多岁,他自己坐长途车到双溪后,再和大伙一起,搭着"嘭嘭嘭"震天响的拖拉机,一直到径山山门桐桥,然后走古道,翻山越岭攀上凌霄峰。

"当时大家都劝他不要上去,等我们从山上取了土和植株的样本回来再判断可否种茶即可。他当即表示那可不行,搞科研不能这样,坚持要上山。"

李联标教授徒步考察后,下了结论:"凌霄峰可以种茶,但不能插苗种植,宜播茶籽种植。茶园周围,要种灌木防风带。这么操作之后出茶没有问题。"

那时候的专家、学者,都是如此认真负责,不得不令人赞叹。

自此,人们在凌霄峰上种了70亩茶,一直到现在,这片茶园仍是径山顶上的主茶园。

虽然凌霄峰因其海拔高,茶叶出得晚,采摘时间也比较迟,但正因海拔高,茶叶品质好,还带有兰花香,有的人指定要这里的茶。

老一辈科学家务实、求真、不为名利的精神,时时鞭策、激励着后辈茶人。

凌霄峰上又开始热火朝天了。

径山茶一再获奖,径山人沸腾了,一片小小的叶子,带给径山人明媚的希望。

现在全村人都在径山上了,他们在大队书记章兴木的带领下,挥锄开荒,又开垦出 70 亩山地,全部种上了优质的鸠坑种!

加上 1978 年冬天种下的 30 亩茶叶,径山有了整整 100 亩茶园。

"一开始,如果没有频频得奖的鼓励,很多村民是不愿意去种茶的。因为那时还是集体经济,冬天时村民们宁愿聚集在一起烤火、聊天,也不愿意种茶。不过在我和村委委员连续做了几天的思想工作后,村民们还是同意了,大家一起去开山。"在回忆最初推广种茶的历程时,金雅芬这么说。

冬去春来,万物生长,径山上一片生机勃勃。

1984 年 5 月,初夏时节,农业部召集全国重点产茶县开座谈会。浙江省被点名参会的有建德、开化、余杭三个县。余杭县派出了金雅芬参会。

6月15日,北京,中南海。中共中央农村政策研究室主任杜润生到会。该场会议讨论的专题是,"茶叶从专卖到开放"。

在会场上,抓住一个闲暇的空当,金雅芬瞅准时机,把一斤用径山毛边纸包裹的径山茶递到杜主任面前。

杜主任看见是一包茶叶,连忙笑着摆摆手:"我已经泡了龙井茶,谢谢了。比不比它好?"

金雅芬也笑了:"比不比它好我不好说,就是请您尝一尝。"

于是,杜主任让警卫员去冲泡了一杯径山茶。

这是一杯新生代的鸠坑种径山茶。

杜主任端起茶杯,喝了一口,说:"好,好。这包茶叶请您不要拿回去了,放着,下回开国务院会议,我让大家尝尝。"

金雅芬,是第一个把径山茶送到中南海的余杭人。

很多年后,她自己回忆起这个细节,说:"那时候年轻,胆子大!"

1985年6月,南京。农牧渔业部和中国茶叶学会联合召开全国名茶展评会,全国共有120个茶样参评,径山茶被评定为部级名茶,同时以"品质优异,风格独特"八个字,获"优质农产品"证书。

此后,径山茶仿佛"开了挂",在全国、省、市各级茶类评奖中,一路过关斩将,连连摘金夺银。

丰厚的茶文化内蕴,独特的自然品质,让"复活"的径山茶一下子打响了品牌。同时,这些奖项也让余杭茶人大幅提振了信心,径山茶的规模得以大幅扩大。

从大众茶,到精品茶,径山茶迈出了跨越性的一大步。

一开始,尽管径山茶在各级评比中获奖,但真正的经济效益还没有体现出来。

"那个时候,大宗茶的最高产量达到每亩 1000 多斤,但是一芽一叶初展的精品茶,一亩地最多也就生产 30 斤。这么大的差距,说明精品茶数量还很有限。真正赚钱的,还是大宗茶。"

吴茂棋回忆说,尽管如此,余杭径山大队还是铆足了劲,一方面走精品茶路线,另一方面也在探索大宗茶的另外一条出路。

到了 1985 年,原先的大宗茶卖不出去了。

"1985 年,余杭地区出现了卖茶难现象。在省厅的支持下,我与全站同志一起开展了茶类试验,引进了红碎茶制作技术与设备,先后在双溪茶厂、四岭村顺利试制成功……"金雅芬回忆说。

那时候要推广的红碎茶,是颗粒状的,就是斯里兰卡红茶那样的。因为国际上最畅销、销量最大的,就是这个茶类,而不是中国传统的茶。

这个红碎茶,主要用于出口。

那时候,吴茂棋已经调到了农业局。他在双溪公社创办了第一家红碎茶厂,又从广东和江苏等地采购机械,进行红碎茶生产。

信息是从农业厅王家斌那里得到的。吴茂棋雷厉风行,立即付诸实施。第一批生产的红碎茶很快送到广东口岸,广东口岸相关公司的老总,正是王家斌的同学。

"这是你们余杭的茶吗?"他们起先还有点不相信是余杭这边的茶叶。因为那个时候实行茶叶区块划分,余杭这边是绿茶区。但余杭做出来的红碎茶,品质也相当不错。他们品尝之后,连声说"好好好"。

红碎茶的价格,也非常不错。鲜叶产量达几万斤,干茶都是用汽车或火车皮运输。因为是大众茶,这个高产的茶叶都是每亩几百斤,最高的亩产有一千多斤。

在双溪试验成功的基础上，以及在县委、县政府的重视下，红碎茶推广到安溪公社、长乐林场、平山农场、长岗农场、安溪茶场、上坟山茶叶试验场等地，到处开花。这些地方的第一任车间主任和师傅，都是吴茂棋。

至此，红碎茶声名鹊起。

在这种情形下，吴茂棋有了想法：当前刚好在从计划经济、统购统销向国家放开转变，国家不再插手购销工作，这时候如果碰上茶叶滞销，怎么办呢？他认为，茶和粮食生产不一样，一统则统，一分则分。茶叶实行分产，茶园一旦被划成你一亩我几分，就无法形成生产链，没有办法应对市场上的困难。他提出，凡是没有进行分产的，坚决不能再分。

当时县委、县政府感到这个建议是对的，就不再分茶园了。

事实证明，吴茂棋的想法没错。余杭那时还是茶叶生产小县，像临安、淳安才是生产大县，但这些大县在实行分产之后基本上茶园就荒废了，因为分产之后，没有人去管了。

1987年，余杭县成立了茶叶生产者协会，大家抱成团谋求发展。

接着，协会又投资了几个稍大的茶厂，例如双溪茶厂、四岭茶厂、平山农场茶厂、长岗茶厂、长乐林场茶厂、上坟山茶叶试验场等,各出股份和资金,成立了余杭县茶叶产销服务站。

这个服务站,说白了,干的就是以前供销社的活。

产销服务站能满足农民的需求,所以农民的积极性高。产销服务站发展得很快,整个余杭县的茶叶没有存量,都卖掉了。

当时有两个口岸,一个是上海口岸,一个是广东口岸。上海口岸的负责人,是金雅芬的同学,广东口岸的负责人,是王家斌的同学。

这就好了。余杭县借助两个口岸,做起了茶叶对外贸易。余杭的茶叶先是用汽车运,后来都用火车皮运。有时,余杭本地的茶叶不够,他们还到湖南、安徽和本省的苍南、平阳等地调运茶叶,调的都是成品茶,绿茶、红茶都有。

余杭县茶叶生产者协会还留下了一个商标:"古钟"。

这口古钟,是径山寺的古钟。当时取名古钟,是要记住古钟的历史,也是希望古钟撞出新声。

随着形势发展,协会没有继续发挥威力,但还是为整个余杭县的茶叶生产奠定了基础。外贸的销路已经有了,同时,也培养了一批人才。内部有技术,外面有销路,还有一整套比较先进的理念,即了解市场上需要什么茶,就生产什么茶。

这时候,径山茶已经百花齐放。五花八门的茶,都有一定的技术,也都能卖得出去。

金雅芬回忆:"1985 年,径山茶在南京市场销售。虽然当时南京市场上普通茶叶的销售价格只有 12 元每斤,不过径山茶以 32 元每斤的价格,仍然获得了比较理想的销售成绩,开拓了南京市场。可以说,径山茶的市场是喝出来的。"

茶业崛起

李水富的茶园里,一垄垄茶树长在山顶,晨昏之间,云雾缭绕。一百多亩茶园,都是鸠坑种,是当年用茶籽种植培育的。

一块茶园在千年古刹径山寺后,放生池附近;一块在径山之巅,凌霄峰上。

40多年前种茶的情景,李水富还历历在目。

20世纪70年代末,当省里提出"恢复和发展名茶生产,发掘失传多年的径山茶"时,径山茶迎来了一个重大的历史发展机遇。

当高级农艺师金雅芬、吴茂棋等人,被委派到径山进行恢复径山茶的生产工作时,径山茶崭新的春天就已经到来。

茶叶干部金雅芬经常住在李水富家里。

和许多当地的年轻人一样,1954年出生的李水富十几岁就开始种茶、炒茶。因为技术过硬,加上认真勤奋,小学没毕业的李水富,在22岁就担任了村委委员一职。村里的汽水厂、竹器厂等村办企业都由李水富管理,厂子就在径山脚下。

于是,作为大队里分管茶叶的干部,25岁的李水富跟随金雅芬,参与了首批径山茶的种植和加工。

这也给他带来了人生的机遇。

如果没有径山茶,如果没有遇到金雅芬,他后面的人生道路说不定完全是另一番模样。

金雅芬,是径山茶开发的"大功臣"。这位20世纪60年代毕业于浙农大茶叶系的高级农艺师,从1978年起,钻进径山的深山老林,吃住都在山上,为径山茶的复兴立下了汗马功劳。

李水富陪同金雅芬上山入村,风吹日晒。在金雅芬的指导下,李水富学到的不仅是径山茶种植、制作的技艺,更有老一辈茶人一丝不苟的做事态度。就这样,李水富与径山茶结下了不解之缘,愿一生以茶为业。

"那时候,径山上哪有茶园? 我们就开荒。起先是挖老茶树来种,结果全部死光了。后来采茶籽来种,这是有性繁殖,成功了。我们种茶,都听金雅芬的,她说做毛峰,我们就做毛峰。"

1985年,改革开放势头正猛,此时已掌握了精湛炒制技艺的李水富意识到,自己需要更广阔的舞台去大胆作为。

于是,他说服了家里人,东拼西凑了3.6万元,承包了桐桥头村的茶山,并于1988年创办了长乐径山茶场。

李水富一直是敢想敢干的人,开拓意识很强。"那时候,心里完全没底,就是觉得这个径山茶好,我应该努力去做。"

从那个时候起,在政府的扶持下,李水富在做好茶的同时,就开始全国各地跑市场。

茶叶用纸层层包裹好,绳子一扎,李水富背着装着茶叶的大编织袋上火车。江苏、上海、广东……全国都跑,主要是跑供销站。那时候做茶叶的人,很少这样去跑供销站的。对方看了茶,泡开一喝,感觉这个茶还是很香的,这样才逐渐打开了径山茶的销路。

外贸销路也打开了,当时李水富通过一定的渠道,每年把150公斤径山茶销往日本。

李水富还积极参加各种展销会、博览会和名茶评比赛。

那个时候，其他人都还在"家里蹲"，没有出去跑市场的意识。李水富敢闯、敢干的精神，一直贯穿在他一生的茶事业之中。

李水富对于茶叶，有一种执着，或者说是执念。从种植、生产、加工到销售，每一个环节他都亲自抓、亲手干，确保自家出品的茶叶都是自己满意的。

在众多茶人的共同努力下，径山茶慢慢从"长在深山无人识"到渐渐被市场认可，知名度越来越高。

自1987年起，径山村采用招投标方式确定茶场承包人。

章法荣、盛银山、周方林、盛棋山、杜文高、李水富等，先后中标成为承包人，其中以李水富承包的时间最长。

李水富，就是蜚声中外的"古钟"牌径山茶的主要生产者。

此外，即使同为在径山山巅、山腰、山脚种植的茶树，具有与径山茶相同的品质，也只能零炒、零制、零卖，价格与径山茶相去甚远。

作为径山第一家民营茶厂的掌门人，李水富40年来始终把品质看得比什么都重要，他说："要么不做，要做一定是精品。"

径山茶的著名品牌"古钟"商标为径山茶业管理协会所有,为了进一步扩大径山茶产业,协会放开了商标使用权。

"当很多人和我说,还是我们家的茶叶香时,我感到挺欣慰的。但是,大家都叫'古钟'牌径山茶,我家茶叶很难和别家的区分,客户常常会搞错。"

于是,李水富在1999年创办了径山古钟茶厂,同时注册了"佛鼎"和"径鼎"商标,取的是径山寺里的香炉形象。

当年,他下决心,把全村山上山下的230亩茶园一起承包下来。合同一签十年,每年给村里交承包费36.8万元。

当时李水富家里人都觉得压力太大。果然,前三年,一算账都是亏的。

第四年,茶叶价格上来了。第五年,他把前面亏的钱都挣了回来。

之后,每年都有不小的利润,2006年之后,李水富尝到了甜头,每年有了几百万元利润。

李水富的茶叶供不应求,产品直销国内20多个省市以及韩国、日本、俄罗斯、法国等多个国家和地区。2000年,他扩建茶园,茶园总面积达到1000多亩,每年产出5000多公斤的成品干茶。

一晃，四十多年过去了。李水富对于径山茶品质的追求，从未改变。李水富制作的茶，在崇尚自然，追求翠绿，力求"真色、真香、真味"上狠下功夫，茶园里禁用化肥农药，改施以菜籽饼或酵素菌拌菜籽饼为主的有机肥。经中国绿色食品发展中心一年余的审核，"佛鼎"径山茶于 2000 年 10 月被认可为"绿色食品"，并参加中国绿色食品 2000 昆明博览会，获得参展奖。

2002 年，"佛鼎"径山茶又参加第四届国际名茶评比会，荣获金奖。之后应邀参加 10 月 2 日在韩国釜山举行的"国际名茶韩国大会"活动，作为国际名优茶展出。

"你知道吗？我们茶厂做的茶样，许多次代表整个径山茶争得了荣誉。2004 年从我们这里抽样的'佛鼎'径山茶，被评为浙江省十大名茶。"

陆陆续续，"佛鼎"径山茶获了不少奖项。径山茶带来的良好效益，也带动了一方百姓致富。

2005 年，李水富成立余杭区佛鼎径山茶专业合作社，带领周边 20 户农户统一经营茶叶，增加了农户的收入。李水富的名字里带个"富"字，他自己富了，也要先富带后富，在他的带动下，好几位农户独立开办了茶厂。

一杯通透在人间

2024年3月30日,杭州市茶文化研究会与余杭区茶文化研究会联合在李水富的古钟茶厂开了一个"匠心径山茶座谈会"。余杭区政协主席、区茶文化研究会会长沈昱把"径山茶匠心功勋奖"的奖牌交到李水富手里时,李水富的手微微颤抖。

李水富说,手抖是因为对获得这份荣誉感到激动。接着他又笑着说:"我今年70岁了,但炒茶时手不抖。"

种茶、采茶、炒茶……周方林的家也在径山顶上,与径山寺一墙之隔。他是径山茶炒制技艺的省级非遗传承人。

周方林的一双手关节粗大。这是常年炒茶的印记。

周方林从小就是在茶园里玩大的。中学毕业后,周方林到径山村小学当了一名代课老师,一当就是五年。后来转任到村里,当团支部书记兼村财务。

刚开始恢复种植的径山茶,仅产自属径山村集体所有的茶园,其产量自然有限。1988年,村里的集体土地第一次公开招投标,心思敏锐的周方林一眼便相中了这个机会,想承包土地种茶,但是家人却并不支持。

在家人眼中,在村里当干部是一份稳定、"吃香"的工作,放弃安稳的生活，冒着不可预知的风险承包土地种茶，简直是儿戏。

但周方林还是成了全村"第一个吃螃蟹"的人。

他毅然辞掉了村里的工作，承包了村集体的 30 亩山地，开始种植茶树。那个时候，有规模的茶园不多。尽管如此，在那个物资比较匮乏的年代，因为担心家里人的温饱问题，周方林还是将原本种茶的土地开垦了一小部分，用来种植玉米等粗粮。

承包土地后，周方林一直钻研径山茶文化和炒制技艺。凭借着专注与热爱，周方林的径山茶做得越来越好。

渐渐地，当初反对他的人开始对他刮目相看，大家也都对这个"第一个吃螃蟹"的人多了一份尊敬。

做好茶，一定要有自己的基地。从第一块茶园开始，周方林采取自有、租赁、垦植、承包等多种方式，慢慢建起了自己的名茶基地。1991 年，周方林又在半山腰上承包了一块山地，一锄头一锄头开垦出来，一棵苗一棵苗培育起来。

之后，他创立了径山茶第一个自营私有的品牌——"绿神"。

周方林的品牌意识，当初并未为所有人所认同。但周方林有自己的想法："那时候，大家都是自己做一些茶叶卖一卖，赚点钱。但你说这个是什么茶,很笼统,就是径山茶。最多也就是径山谁谁谁家的茶,没有品牌。如果我坚持要做出好的茶,就应该做自己的牌子,让大家认准这个牌子。这也是吃了亏才想到的。"

周方林对于做好茶,有自己的坚持。1995年,周方林又请来13名来自浙江大学(原浙江农业大学)、省农业厅、中国农科院茶叶研究所、全国供销总社杭州茶叶加工研究院的专家,让他们来鉴定一下他的径山茶,看看品质怎么样。

结果出来,是优。

周方林打造"绿神"牌径山茶,也通过"三改"提高名茶质量。"三改",一是改进肥料品种,禁用化肥农药,全部采用菜籽饼等有机肥;二是改进燃料,以电代炭,避免烟焦味;三是改换机械,用不锈钢机械替代原来的铅铜等重金属机械,避免金属污染。同时,还改善厂房条件,改进管理。

经过努力,周方林生产的茶叶于2001年3月获得中国农科院有机茶研究与发展中心的认可,领回了"有机茶"证书。

1997年,周方林又开始"为人民服务",先后担任径山村党总支委员、副书记、村委会主任等。他这一干,就是16年。

靠茶吃茶,周方林始终怀着感恩之心。之后,这位致力于深度挖掘径山茶文化的茶人，开始宣传径山茶文化。"径山茶这么好，应该让更多的人知道，也要让他们知道，径山茶也是有丰富的历史文化底蕴的。"

那么能不能跟祭奠大禹一样，举办一个仪式，祭奠茶祖，让大家重新关注起径山茶文化？

周方林开始琢磨弘扬茶文化的事。"我们径山人从小就听过茶祖的故事。"周方林想着，"是不是也能让更多的人，了解径山茶背后的历史文化？"

2007年，茶祖祭奠这件事终于有了眉目。那年4月1日，在径山顶上的径山寺举办了个仪式，祭拜径山茶的鼻祖——国一大觉禅师法钦。这种茶祖祭典的形式，就是为了充分挖掘径山茶的文化底蕴，增强它的市场竞争力。

周方林还尝试组织了"径山茶品赏会"等等，他的做法，受到茶界的重视，他因此在浙江省茶叶学会九届一次代表大会上当选为省茶叶学会理事。

2014年，为了专注于自己的"茶事业"，他辞掉了村干部职务，一门心思钻研径山茶文化和炒制技艺。

径山茶越来越出名，周方林也在2014年被评为杭州市非物质文化遗产径山茶炒制技艺代表性传承人。他是余杭第一个径山茶炒制技艺非遗传承人。2017年,周方林又被认定为省级非遗传承人。

年复一年炒茶,周方林练就了传说中的"铁砂掌"。

具体而言,周方林介绍说:"手工炒径山茶主要是在抛、翻、扪(压)……好多环节都有讲究。比方说,扪的时候,手掌要沿锅底撸上来,一分钟就要撸几十次,每一锅茶叶要这样撸十几二十分钟,算起来每一锅要连续不断做五六百次这样的手势。"

"径山茶的炒茶工艺比龙井多一道揉捻,这也是径山茶的独特之处。与龙井茶相比,径山茶很纤细,是卷曲形的,越喝越香,回味很久。"

我们见到李生龙时,他在一行行的茶树间,这是四岭兰花坪上的一片茶园。这一块土地,可是李生龙珍视的茶之宝地。在他看来,这里常年云雾缭绕,花木芬芳,能长出品质绝佳的好茶。

李生龙是土生土长的径山镇四岭村人。1975年,四岭村要建茶叶专业队,村里选派19岁的李生龙到浙江农业大学参加培训。当时,村里干茶产量每年1000来斤,摘了青叶要到双溪大队茶厂进行粗加工,制成炒青。专业队建立后,村里定下收益 5 万元的目标,当时李生龙感觉这真是一个天文数字。

从此他与茶结缘。学习一年后,李生龙回村开辟茶叶基地种茶,搭起茶灶,在自家炒茶,直到 1977 年还是以炒青为主。1985 年,余杭县农业局在四岭村搞试验,李生龙在金雅芬老师的指导下,制出两只茶样,与径山茶一起到雁荡山参加首届名茶评比。最后,径山茶得了第一名,李生龙送评的茶样取得第二名、第三名的佳绩。当时这两个茶还没有名字,遂请王家斌老师取名,一个得名"谷雨春",一个得名"双径雨前"。后来这两个茶还获了国际金奖。

1997 年,对于李生龙和其他径山茶农来说,是不平常的一年。县里加大对径山茶的培育力度,要求统一品牌,提高径山茶的产量与知名度,李生龙的两只茶品牌就统一叫"径山茶"了。为了明确责任,后来采用双商标制,李生龙就将其定为"双径"牌,这样可以品牌共创,质量责任各负。

从这时起,径山茶的发展,进一步加快了步伐。而对李生龙来说,他也进一步迈上了茶事业奋斗开拓之路。

李生龙是天生的种茶好手,此时他萌发了大胆的想法——要自己承包茶地,建立自己的茶园。余杭径山四岭名茶厂由此成立,李生龙成了李厂长。

1997年,李生龙承包了兰花坪的大批茶山。之前茶园是村里的,管不过来,有些荒废了。到了李生龙手里,块块茶山要着力整理好,处处要投入。1998年到1999年,是李生龙最困难的时期,他去信用社贷款,没有能担保的东西,人家不肯放款,双溪镇的镇长去担保也没用。镇长看他走投无路,私人借给他2万元钱,一借借了六七年。

在家里,李生龙有妻子应水芝做帮手,夫妻一条心,吃定茶叶饭了。

应水芝23岁那年,从双溪镇四岭村中车坑嫁到几里地外的外车坑,之后跟随丈夫从事茶叶种植、经营、开发。夫妻俩把所有的心思都用在了制茶上。有时候,应水芝在家中闻到隔壁飘过来的茶叶香味,就能知道这批茶做得怎么样。李生龙更"玄",他在卧室睡觉,有时会突然惊醒过来:"不好!这批茶做坏了!"制茶师傅们既佩服又无奈:"没有一批茶能逃出他的把控!"

1990年,李生龙在精制茶厂当厂长时,又承包了黄湖一家东山茶厂,东山茶厂就由妻子应水芝打理。当时应水芝对茶叶并不懂行,又事事要独当一面。她回忆说,那段时间,真正是干中学、学中干,一年下来才初步熟悉。第二年盈利两万多元,应水芝说:"当时真开心死了!"

夫妻俩思路很明确,要做好茶,得有自己的名茶基地。因为从茶叶种植到采摘有几年的时间,手中有了茶园,才是实在的。于是,他们的茶园从二三百亩,到五六百亩,再到一千多亩,一直到后来的2130亩,滚动式发展壮大。

从四岭村口到里面的老虎山,号称"十里车坑",如今都是他们的成片茶山。进山的路,他们开始自己浇筑了一段。"浇路到底是浇不起的,当时的区委书记何关新书记来视察,被我们的创业精神感动,也主张扶植径山茶大户,专门拨款给我们修路。如今,一条平路到老虎山,我们夫妻都记着政府支持帮助的恩情。"

茶叶产量增加,制作要跟上,夫妻俩又造起了新厂房。

李生龙清楚地记得,在2000年的茶博会上,他带来的径山茶得到了参会人员的一致好评。他给每一位走过路过的客人都送上一杯径山茶。品质高、味道好、概念新的径山茶深受大家喜爱,他花几百元买的一次性杯子,竟全部用完,茶叶一售而空,连茶叶末也被买走了。很多人牢牢地记住了四岭名茶厂和厂长李生龙的名字。

到了2005年,李生龙的茶园面积超过3000亩,每年茶叶产量超过 2000 斤,四岭名茶厂成了径山最大的茶厂。

做茶种茶,一晃就是半个世纪。李生龙和妻子应水芝见证了青山绿水间径山茶的传承、创新、发展,也见证了径山这一片土地上发生的巨大变化。

从开荒种茶,到开发半烘炒绿茶;从扩大种植规模,到打造"双径"品牌;从引入中国农科院茶叶研究所技术,到建起测试实验室;从单纯种植茶园,到"光伏＋"茶园实现产值翻倍。如今,他已将茶园与生态旅游结合起来,将兰花坪茶叶基地打造为可游可玩的地方。他还要带领更多的老百姓,一起走上共同富裕的道路……

在几十年间,径山涌现了诸多茶人,为径山茶产业贡献着自己的力量。除了李水富、周方林、李生龙夫妇等人,还有很多茶人纷纷投身于径山茶的传承与发展事业。

盛棋山、盛志荣父子俩——他们经营的"古钟牌径山棋盘石茶",从茶园管理、茶叶采摘、炒制工序到机械设置等,全部按有机茶标准实施,在 2001 年 3 月拿到了"有机茶"证书。负责茶厂的盛志荣,也成为中国茶叶学会会员。

夏春华——承包了潘板桥镇下潘村在径山凌霄峰的山地

110亩,经营"古钟"牌径山凌霄峰茶,起步虽晚了点,但由于凌霄峰的地理条件优越,生产上紧学紧跟,茶叶质量也受到各界认可。

在径山茶重获新生、蓬勃发展之际,径山蒸青茶也得到迅速发展。

蒸青茶,是利用蒸汽来杀青的制茶工艺而获得的成品绿茶。蒸青是我国古代最重要的茶类,比炒青的历史更悠久。其蒸焙方法载于唐代陆羽著的《茶经》。工艺过程分贮青、蒸青、粗揉、揉捻、中揉、精揉、干燥等工序。

蒸青的方法是将鲜叶蒸软,然后揉捻、干燥。蒸青绿茶具有"三绿"的特点:色绿、汤绿、叶绿。蒸青茶的制法传到日本,沿袭至今,发展成现在日本的蒸青绿茶,其中蒸青煎茶是主要产品。现在日本饮用的茶,大多是蒸青绿茶加工而成。

20世纪90年代后期以后,除高档茶外,径山逐步淘汰了以制作杭炒青为主的加工设备,取而代之的是蒸青茶生产流水线。

2000年前后,径山全镇共有蒸青茶生产企业18家,生产流水线28条,其中日本原装全自动流水线3条,年加工生产蒸青茶6000余吨,产品95%以上销往日本等国家,销量占全国40%以上。

一杯通透在人间

2002年8月,径山镇党委、政府组织有关人员和蒸青茶龙头企业的老总们,一道赴日本考察茶叶市场,并对日本茶园无公害管理和日本民间协会的运作情况做考察了解。回来后,即开始酝酿组建蒸青茶业协会的有关事宜,组建蒸青茶业协会筹建小组。

2002年11月22日,杭州市余杭区径山蒸青茶业协会正式成立。确定首批会员94名,其中作为协会主体的团体会员有55个单位,分别是长乐精制茶厂、大麓茶业有限公司、兴挺茶业有限公司、径山茶业有限公司、方绿茶业有限公司、银泉茶业有限公司、竹海茶业有限公司、云峰茶业有限公司、生达茶业有限公司、西山茶业有限公司、龙生茶厂、生达茶厂、陆羽泉茶厂、阿平茶厂、兴乐茶厂、希顺茶厂、祥和茶厂、大明茶业有限公司、浙江大学茶学系实验茶场等23家茶厂(场),以及径山茶区的径山、钱家滩、四岭、斜坑等32个有茶园的行政村村民委员会。个人会员中有干部、茶叶技术员、茶叶专家、茶园承包大户、茶叶青叶贩销大户。诸会员齐心协力,实施蒸青茶行业化管理、标准化生产、规范化贸易,把余杭径山茶区建设成为全国一流的蒸青茶之乡。

名茶战略

"在竞争中发展，才是真正的发展。"

随着改革的深入，径山茶园自 1987 年起承包给村民，各个茶企的生产规模也不断扩大。之后数年，由于径山茶声名鹊起，身价不菲，生产径山茶者从集体到个体，齐齐上阵，百花齐放。

其中，形成了径山毛峰、径山玉露、径山龙井三大系列茶叶。

产品品牌中，1988 年注册的"古钟"，已经是杭州茶叶界的著名品牌。此外，"绿神""双径""佛鼎""申乐""径峰""洞霄宫"等径山茶品牌纷纷涌现。

与此同时，径山茶的工艺流程和等级品质，也逐渐出现了一些瑕疵,如品牌、商标、包装等的使用出现乱象,有的好不容易创建成功的品牌被人冒用、模仿,径山茶这一历史名茶的牌子,如果不进行强化管理,很可能毁于一旦。

怎么让径山茶品牌结束"诸侯混战"的局面,形成合力走向市场,为余杭民众创造更高的效益?

1997 年,有关人士提出,余杭县的茶叶要搞产业化试点,合力打造径山茶品牌,将七八个名茶品牌合成一个名茶品牌,这才是余杭径山茶的出路。

1998 年,径山茶业管理协会成立。协会的宗旨是规范名茶生产,促进名茶生产。协会实行"四统一"行业管理,使径山茶生产得到了长足发展。

第一,统一品牌。

余杭范围内的各种名茶品牌,统一为"径山茶"品牌。在这一品牌之下,分为三大系列,即径山毛峰、径山玉露、径山龙井。三大系列虽然风格不同,但品质特点定位一致:崇尚自然,追求绿翠,讲究真色、真香、真味。

第二,统一标准。

由径山茶业管理协会负责起草编制、浙江省质量技术监督局批准实施的省级地方标准,作为径山茶统一的质量标准。

第三,统一包装。

统一径山茶包装,是实现径山茶统一管理行之有效的措施。具体办法为:统一设计,统一印刷,统一发放。又根据茶叶产量,实行包装物的总量控制,一年一变。

第四,统一监管。

径山茶实行企业自律、协会管理、专业行政监督、乡镇"径山茶质量管理组"协助监督的制度。

以上"四统一"管理,每一条都订有实施细则。协会明确,"古钟"商标归属协会管理,包装品由协会监制,严禁擅自转让转卖和自行印制。

同时,"统一标准"是指对径山茶实行标准规范化,这一点尤其重要。因为只有经过国家权威机构认定,各种指标才具有法定效力。

经向浙江省标准化技术委员会提出,径山茶业管理协会负责起草编制了径山茶标准,到 1999 年 11 月 10 日,浙江省质量技术监督局根据《中华人民共和国标准化法》和 GB/T 1.1—1993《标准化工作导则》的规定,批准实施径山茶省级地方标准。

此外,协会还设定了卫生指标,对包装、运输、贮存、保质期等,都做出了具体而明晰的规定。这一系列标准、指标、规定的制定和实施,为径山茶的健康发展和规范化管理提供了法律保障,更为径山茶实施品牌战略奠定了坚实的基础。

对于径山茶来说,这一段名茶战略历史,是一段值得回顾的成长历程。

关于径山茶的名牌商标,还有一段特别的插曲。在采访中,吴茂棋口述——

"1998年,径山茶业管理协会成立,我是秘书长。当时要统一品牌,我们想注册'径山茶'商标。一般的茶叶商标是不能带上'茶'字的,但证明商标可以叫'径山茶'。这个证明商标,只有政府、行业管理协会才可以用,个体不能用,它是姓'公'的。

"当时成立径山茶业管理协会,不是要注册资金吗?没有钱怎么办?国家有明文规定,贷款或者政府拨款,都不能作为注册资本。我心里很明白,向政府要,向农业局要,都不是办法。在这样复杂的情况下,注册协会需要钱,那怎么办呢?我前面讲到,之前,余杭县茶叶生产者协会'瘫掉'了,留下了一个'古钟'商标,这个商标一直在我这里,上面的责任人也没有变,这就给了我一个机会。因为这个茶叶生产者协会,原来有好多茶叶生产者,他们都投资过的,所以说这个商标的所有权,是归大家的。我人缘比较好,我就一个个上门去动员。我说,我们这个协会呢,早就没有了,这个商标能不能拿出来用?我要征得各个出资人的同意。

"他们说,这个商标作废真的太可惜了啊。咋办呢?吴老师,我们都听你的,我们也不知道该怎么办。

"说实在的,'古钟'这个商标,几个老板都做了贡献。有了这个商标,我们成立了一个古钟特产服务部,然后由古钟特产服务部提出申请,成立径山茶业管理协会。那么要有一个申请单位提出来,再联合其他几个单位,向民政局提出成立管理协会。成立管理协会,又要注册资金,一样的道理,政府资金拨款、银行贷款都不能作为注册资金的,那怎么办呢?径山茶业管理协会让有关部门来评估'古钟'商标的价值,就这样,把这个商标的价值转换为协会的注册资金。协会就这样成立起来了。"

吴茂棋说:"协会成立之初,还是缺钱,怎么办呢?古钟特产服务部还没有废除,我们就积极动脑筋,为农民培育种苗,最后,靠我们几个技术人员,赚了8万多元。我们当劳动力,到福建和本省的温州、新昌各地去采购茶苗。提供服务获得的钱,不能入个人口袋,要归集体。这就积攒了资金。有了钞票,事情就好办了。一直到2002年,'古钟'商标还被评为杭州市著名商标。"

"径山茶"这个证明商标的批复,也促进了径山茶的"四统一":统一品牌,统一包装,统一标准,统一监管。所有的茶都叫径山茶,它可以是毛峰,可以是扁形茶,也可以是红茶,不管是什么类型,都必须符合径山茶的标准。径山茶是总商标,各家企业又可以有企业自己的商标,比如说"双径""佛鼎""绿神"……用于区分是哪一个厂生产的。这样既有统一商标,又有各家商标,各家企业之间有竞争,因为没有竞争的事业是搞不好的。

吴茂棋还提到一个案例。

"有一次,一家企业使用包装不规范,协会决定罚款5万元,没收所有的相关产品和违法所得。当时,这个事情闹得很大,这个厂子都封掉了,企业要上诉到法院。结果法院告诉企业,这个官司肯定打不赢,因为法院看了证明商标使用管理规则,认为协会没有违反这些规定。

"我要说的是,虽然这个企业受到了严肃的处分、罚款,但是也认识到了错误。后来企业负责人态度蛮好，协会也给他申请了项目，办起了一个像模像样的工厂，逐步发展成为径山茶的龙头企业之一。这个人后来也发财了，他跟我依然是好朋友。他说，'我没有恨吴老师，我还谢谢他'。"

吴茂棋说，当时成立茶业管理协会，就是为了径山茶整个产业的健康发展。各家茶企业是其中的一个个小细胞，大家共同遵守规则，共同分享成果。这个过程走好了，径山茶才迎来一个非常快速的发展时期。

径山茶产量由 1997 年的 3 吨激增至 2002 年的 19.1 吨，产值由不到 100 万元激增至 3439.5 万元。径山茶名牌效益明显。

2003 年 2 月 25 日，为了进一步规范生产，杭州市余杭区农业局、杭州市工商行政管理局余杭分局、杭州市质量技术监督局余杭分局、杭州市余杭区径山茶业管理协会发出通知，公布了径山茶生产企业名单，同时公布基地地点、规模、产量，接受消费者的监督和生产者之间的互相监督。

通知中，协会许可的径山茶生产单位如下：

杭州余杭区径山古钟茶厂（场）

杭州余杭区径山四岭名茶厂

杭州余杭区径山绿神茶厂

杭州余杭区径山镇径山村棋盘石茶厂

杭州余杭区径山凌霄峰茶厂

杭州径峰茶业有限公司

杭州银泉茶业有限公司

杭州大麓茶业有限公司

杭州远圣贸易有限公司

杭州余杭区径山百丈岭名茶厂

杭州余杭区径山镇双溪青玉茶厂

杭州余杭紫荆山茶业有限公司

杭州余杭区径山羽泉茶厂

杭州禹航茶业有限公司

杭州余杭区径山茶之源茶场

杭州余杭区径山水云润茶厂

杭州余杭区径山镇小五山茶厂

杭州余杭区径山龙生茶厂

通知还规定:"除公布单位外,杭州市余杭区径山茶业有

限责任公司采用公司＋农户＋基地的方式,带动规模较小的
径山茶生产者生产径山茶,以提高广大茶农的经济效益。除
此之外,其他任何单位未经许可不得生产销售径山茶。"

2003年3月,"径山茶"注册了原产地证明商标。同时,正
式向国家工商总局商标局上报"径山茶"注册涉外商标材料,
申请注册日本、美国、韩国和中国香港等十七个国家或地区的
涉外商标,促使产品走向国际市场。

2004年,浙江省农业厅组织评比第一届浙江省十大名
茶,径山茶高票当选。2009年,径山茶又以高票蝉联第二届
浙江省十大名茶。

随着形势发展,2007年,径山茶业管理协会试行新的"六
统一"行业管理。

经过对细则的逐步修订完善,2009年9月3日,在余杭区
径山茶业管理协会全体会员大会上,正式颁布"六统一"行业
管理条例。具体如下:

一、统一径山茶行业监管。

二、统一径山茶品牌宣传。

三、统一径山茶基地认证。

四、统一径山茶生产标准。

五、统一径山茶标识包装。

六、统一径山茶市场营销。

新管理条例的实施，使径山茶的管理更规范、更科学，为径山茶更上一层楼打下了更好的基础。

2009年，径山茶实现产值4.13亿元。

2010年10月8日，又传来喜讯，国家工商总局商标局公布，余杭"径山茶"注册商标被认定为中国驰名商标。这在余杭区众多农产品商标中是零的突破，在杭州市茶叶类产品中也是首例。

名茶与名茶标准，也要与时俱进。

2010年5月，径山茶生产新标准发布，其等级从原本的特一、特二、特三、一级、二级、三级等六级改为特级、一级、二级、三级等四级。

径山茶在名牌战略中将质量与管理两者交融、促进，其直接成果是，到2010年10月，全区获得全国工业产品生产许可证（即QS许可证）企业达51家，径山茶系列有全省著名商标4个、杭州市著名商标6个。

作为中国驰名商标、国家地理标志保护产品、中国文化名茶、浙江省十大名茶,2020 年径山茶品牌价值达 25.17 亿元。

时至今日,余杭径山茶已有茶园 10 万亩,茶叶年总产量 8000 余吨,径山茶的品牌价值已经突破 35 亿元。

一生事茶

2023年夏天,我们前去拜访金雅芬老人。

这位为径山茶发展立下汗马功劳的茶叶技术干部,如今年事已高,行动和言语也已有些迟缓。但只要一讲到茶叶,老人的眼里就闪现出动人的光芒。

在径山,上了年纪的径山人,尤其是做茶人,只要一讲到金雅芬的名字,无不竖起大拇指,说"小金姨娘"对径山茶有恩情。

"1967年,我在农业局从事茶叶技术推广工作。先在闲林方家山蹲点,那时的茶园单产低、病虫害多,于是我提出进行老茶园改造试点。在此基础上摸索经验,并向全县推广。此外,我还进行了余杭县茶园摸底调查,基本上跑遍了余杭的每一座茶山，在调查过程中我认识到，必须推进茶厂机械化。在调查摸底的基础上，推进全县炒茶机械化，新建了 5 座茶厂。

"1971 年，根据当时茶叶病虫害情况，我报告县有关部门，要求建立茶树病虫测报站并获批准。在省农业厅的支持下，我着手筹建，竣工、挂牌后，成立了余杭县第一座茶树病虫测报站。自此，余杭茶业发展渐入佳境。

"1973 年，我在漕桥大队试密植 1.49 亩速成茶树，由原来的 1 亩播种 20—30 斤茶籽提升到 1 亩播种 80—90 斤茶籽，获得成功，产量大大提高。可达到一年种，二年摘，三年亩产超双百，此事被报道宣传后，引来众多参观者。据统计，全国有 16 个省、市，共 3 万多人次前来交流。

"后来，香下桥原农校举办了为期半个月的全县茶叶业务干部理论实践培训班推广这一技术，现在全区万余亩茶园仍沿用这一技术。当年还在双溪村石鸽良种场、安溪茶场等地试种亩产超千斤的茶树，推广高产优质技术。

"以前制春茶、秋茶前，我都会上山开径山茶采摘、制茶培训班。那时候，吃住都在农民家里，吃饭也都付的粮票。空的时候，我和农民一起烤烤火、喝喝茶，时间长了，农民也就对我讲真心话了,把家里好的东西拿出来与我分享。农民家的孩子,都叫我'小金姨娘',那是我最幸福的时刻。"

············

一桩桩,一件件,往事里都是跟径山茶有关的情感联结点。

人的一辈子过得很快,从风华正茂的女大学生到退休干部,似乎是一转眼的事情。但是,关于径山茶,金雅芬还有大把的工作没有做完,她还有大量的想法要付诸实施。

在基层,女干部的退休年龄是 55 周岁,为了径山茶这一片"金叶子",她一次又一次延迟退休。"小金姨娘"退休那年,已经 63 岁了。

2016 年,浙江省委组织部、省人社厅、省科协表彰全省优秀科技工作者,年近八旬的金雅芬获得了这份崇高的荣誉。

"现在已经退休 20 多年了,每到茶叶季,她总是吃住在径山。"金雅芬的老伴马老师说,"一听说'小金姨娘'来了,炒茶师傅们都特别'做筋骨'(方言,卖力),他们最在乎她的表扬了。"

2021 年 11 月 15 日,秋高气爽,"小金姨娘"又一次来到径山茶活动现场。她在径山村党支部书记俞荣华的陪同下,走进"心无尘"茶馆。这次,她是来看径山村再现宋代茶宴礼俗——径山茶汤会的。

茶农李水富早已经做爷爷了,他说自己还是小年轻的时候,就开始叫金雅芬"小金姨娘"。当年,他正是跟随金雅芬的脚步,种茶、学茶,走上茶路。在金雅芬的帮助下,李水富在城里开出了第一家径山茶叶专卖店,并将茶叶卖到了国外。

径山四岭名茶厂厂长李生龙,在兰花坪的茶园有两三千亩,每年产值超千万。他说,当年是"小金姨娘"领着自己在兰花坪开出了60亩荒山,手把手指导种茶、炒茶,帮着吆喝卖茶,才有了他的今天。

浙江省级非物质文化遗产——径山茶炒制技艺传承人周方林,是杭州市工匠,算是制茶大师了。但是,在"小金姨娘"面前,这位老茶人总是毕恭毕敬的。

周方林家4000多平方米的茶工厂和体验中心,坐落在青山绿水间,大女婿、小女儿都传承了他的手艺,连上幼儿园的孙女也成为茶道表演的"小网红"。周方林说,自己家是"小金姨娘"的联系点,40多年来,"小金姨娘"每年都来为他种茶、炒茶把关。周方林把自己的径山茶品牌取名"绿神",他说,在余杭茶人心里,"小金姨娘"就是"女神"。

在余杭区优秀老农业科技工作者事迹报告会上,金雅芬有一段动人的发言——

"生命是短暂的,但作为国家培养出来的农业科技人员,首先要把自己的位置摆正,走到农村中去,到农民当中去,才能让自己的知识有用武之地,农民也才会接纳你。现在时代变了,科技发达了,但不论如何艰苦朴素,为民服务的精神不能少。只要你勤勤恳恳为农民服务,等你老了之后、退休了,必定会得到一份情感的回报。"

金雅芬退休了,径山茶农没有忘记她。每年开春,第一泡径山茶,总有人第一时间送到她家。不为别的,只为了与"小金姨娘"分享第一泡春茶的喜悦。

吴茂棋和夫人许华金,是一对茶界伉俪。

吴茂棋,1944 年出生。许华金,1943 年出生。半个世纪前,他俩相识于浙大茶学系。两人都对茶文化情有独钟,后来长期扎根基层,从事茶叶科技推广工作,对径山茶产业发展、品牌振兴和文化研究,做出了重要贡献。

退休后,两人回到杭州,与茶界资深专家共创"老茶缘",

继续为茶文化事业奉献。数年前,受杭州市余杭区茶文化研究会重托,这对老茶人对陆羽的《茶经》进行研究,编著了《茶经解读》。

吴茂棋曾长期担任余杭径山茶业管理协会秘书长一职,为径山茶产业的健康发展出谋划策。2018 年,接下《茶经解读》写作任务后,年逾古稀的吴茂棋与夫人一起,发挥"以身许茶"的奉献精神,不顾年迈多病,克服种种困难,笔耕不止。

该书的第三位作者吴步畅,是吴茂棋、许华金夫妇之子。这位"茶二代"受父母影响弃工事茶,用心辅佐父母进行茶学研究。

着手编撰《茶经解读》期间,许华金在检查中发现癌症转移,开始接受放疗。吴步畅劝母亲说:"书就暂时搁一搁吧,这么多的事,会把你压垮的!"

但这对老人并未抛下著书一事,2019 年 1 月 15 日,吴步畅收到了父母撰写的《茶经解读》正文内容。7 月,母亲再次住院治疗,但父母二人在病榻上还坚持对《茶经解读》书稿做反复琢磨和修正,并由吴步畅校核完善,直到 20 余万字的《茶经解读》正式出版发行。

2020 年,许华金女士因病离世,将这本饱含茶人心血的

《茶经解读》留在了世间。

据史料记载，一代茶圣陆羽正是在余杭径山附近，完成了世界第一部茶叶专著——《茶经》。而作为一直在余杭致力于茶叶技术推广和茶文化研究工作、为径山茶奉献一生的茶人，吴茂棋在编撰《茶经解读》书稿的过程中，与一千多年前的茶人先贤产生了深度的精神共鸣。"这本《茶经》，不仅是世界上首部茶的百科全书，还是一部以'俭'为核心理念的茶道之经。"

"我特别崇尚陆羽的茶人精神，总结起来就是一个'俭'字。这个俭是什么意思呢？现在的俭是狭义的节省，古代的俭，它是广义的，本意是约束自己的欲念，约束自己的行为。

"唐玄宗时期，国家发展到顶峰，统治者忘乎所以，忘记了俭，结果从顶峰一下子掉落下来。安史之乱给陆羽造成了极大的精神上的痛苦，于是他就把这些道理融合在《茶经》里面。"

在从事茶文化研究的过程中，吴茂棋深入体验《茶经》中的茶之精神，并把这种精神贯穿到自己对人生和事业的理解之中。"现在我在写第二本书，关于龙团凤饼，也就是宋朝的茶叶。径山也有龙团凤饼，但本地不生产，是朝廷赠送的。龙团凤饼的生产,主要在福建北苑。径山和龙团凤饼关系也很深。龙团凤饼送到径山寺后,主要用于招待宾客,宾客主要是一些居士,像苏东坡、朱熹等。他们经常到径山寺听课讲禅,这时候就喝龙团凤饼。

"径山的禅宗非常发达,是士大夫禅。佛教发展到宋朝,其实处在衰弱阶段。其他和尚说要脱离城市,但南宋高僧大慧宗杲不一样,他说真正的和尚要入世,他对岳飞被杀这件事更是痛苦不已,最后得罪了朝廷,被流放了13年。岳飞被平反后,他又回来了。真正的大隐,要隐于市,要爱国爱民。大慧宗杲是这样的。他结交了一批居士,开径山茶宴,以喝茶的形式招待大家。在茶宴上,他先发表主旨演讲,然后居士们再发表自己的看法。这样的宴会叫径山茶宴,它是当时社会上的一种正能量。"

听吴茂棋讲茶,会越听越觉得有味道,深深沉醉于博大精深的茶文化之中。

李水富的茶,至今仍有大批"粉丝",许多人几十年里就是"追"着他制作的茶来喝茶的。

这话其实并无多少夸张成分。李水富从跟着"小金姨娘"

的脚步种茶、做茶开始,参与了首批径山茶的种植和加工。一晃半个世纪,他还在种茶、做茶。在李水富身上,看得到"择一事,终一生"的人生哲学。

从 20 世纪 90 年代开始,大宗径山茶的生产加工,引入了机械化设备,经历了从传统手工到半手工再到现代机械化生产的历程。但李水富办厂 30 余年,始终坚持关键工序采用传统的手工制茶技艺。

春天的采茶做茶季,在李水富的车间里,听不到轰隆隆的机器声响,有经验的制茶师傅们全神贯注却又气定神闲,赋予着茶叶手工制茶的温度和灵魂。

"杀青、理条、揉捻、初烘、复烘,看似工序都一样,但手工做出来的就是不一样。就拿理条来说,机器肯定没有人工到位,导致茶叶里面的茶多酚等物质出不来,香味自然少些。"

说到提升茶的香味,李水富可是有"秘密武器"的:"最后一道复烘程序,我们一直都是用高成本的传统工艺——白炭烘干来提香。现在商品茶制作,还在坚持使用白炭的几乎没有了。"

"有的时候,傻就是聪明。"李水富经常对家人说,传统手工工艺,就是径山茶的生命。固执也好,老套也罢,他有自己的坚守。从小就和径山茶打交道的李水富认为,"只有在径山上种出来的茶才是真正的径山茶",每一块茶园的地理位置不一样,出来的茶叶,味道就是不一样。

也因此,李水富的茶园,始终在高海拔的径山上,尽管管理成本比在平地上的茶园高好几倍,他也依然坚持。此外,他还坚持"茶叶不落地"的原则。在他家的茶园里,所有采摘下来的鲜叶,都装在定制的轨道车里从山上往下滑,像是坐索道一般。

近三十年前,他注册了"佛鼎"径山茶商标,此后为这个商标倾注了自己的毕生心血。2002年,李水富向中国绿色食品发展中心申报绿色食品认证。国家权威机构、中国绿色食品发展中心派专家到李水富的茶园里取走了土壤、水、空气的样本,也取走了茶叶样本,在化验室里进行仔细分析,最后认定"佛鼎"牌径山茶为AA级绿色食品、有机食品。

2008年,经过农业部、国家检测中心、中国奥委会等5道标准考核,以及其他闻所未闻的检测项目后,李水富送审的"佛鼎"径山茶,最终被北京奥组委定为二级国家礼品茶。李水富说,径山茶跻身"国茶"代表实属难得。

数十年来,李水富付出了大量的心血、成本,换来了今天的口碑、荣誉和核心竞争力，也换来了令他满意的经济回报。

如今，李水富还在书写径山茶的文旅新篇章。他创造了属于自己的"径山茶世界"——第六届中国国际有机食品博览会金奖、中国国际农博会名牌产品、中国国际茶博会金奖、中国绿色食品AA级认证、浙江省十大名茶……2008年，"佛鼎"商标被认定为浙江省著名商标，之后，李水富的茶场又被确认为径山茶远教实践基地。后来，古钟茶厂被评为余杭区五星级茶厂。

2016年，为响应大径山建设，促进径山茶产业化发展，李水富把新厂房搬到了径山镇禅茶第一村、径山茶文化主题公园旁。每当采茶季，许多老客户纷纷赶来，在此体验径山茶的采摘、制作，也在这里品茗、休闲，感受山野的乐趣和径山茶文化的魅力。

童兆民的茶厂，在上士村的一片田野间。他的茶园，在"十里车坑"，最好的那块地就在兰花坪。兰花坪，属于高山，海拔四百多米，他的茶园有几万亩，是整个余杭区种径山茶面积最大、最漂亮的一块茶园，那里的茶叶都只做名茶。

四岭名茶厂的老板李生龙，是第一代径山茶人。相比起来，童兆民起步就晚了很多。他出生于 1965 年，比李水富、李生龙他们年轻十多岁。

1993 年开始，童兆民在一家茶厂修炒茶机、管理成品仓库、跑销售，慢慢接触到茶的世界。后来他就自己搞了两个茶灶，在家里做茶，做多少卖多少。那时他也不太懂，一没技术，二没销路，做得并不成功。到了 1997 年，他进了四岭名茶厂，因为和厂长是亲戚，他在这里修炒茶机，开始留心学茶。

"当时径山茶一共有三个品种，有径山龙井、径山玉露、径山毛峰，径山玉露就是我们一起试制出来的。我就是加工人，自己用机器炒。机械简单，我那个时候年轻，又会动脑子，那个时候还炒龙井，学得比较快。

"玉露后来也没有做了，现在只剩下一个径山毛峰。我是从 2000 年以后回来炒茶，炒手工龙井，一直炒到 2003 年。2003 年我借了 2 万块钱，专门跑到衢州上洋的茶机厂，去买了第一套机器，开始做径山茶，帮别人代加工，自己也炒一点。

"那个时候我茶园小，大概十几亩。自己家做完了自己卖，每年销量都很好的，茶农按照我们的要求采摘，几十块钱一斤卖给我们。这里家家户户都有茶山，我们四岭村茶山好，茶叶品质好。"

2012年1月,童兆民办下了车坑坞茶厂营业执照。办了企业之后,2013年他开始参加余杭区农业局、径山茶行业协会主办的茶王赛。结果这一年,他头一次去参加比赛,就拿了个"铜茶王"。

比赛规则是这样:先送茶样,组委会从送来的几十个茶样里,初选15家,然后在15家里面评金银铜奖。当年评出"金茶王"一个,"银茶王"两个,"铜茶王"三个,童兆民是"铜茶王"的第一个。

"这一下子受到鼓舞了。"童兆民很兴奋。

下一届比赛他又送茶样去参评了:"我又拿了个铜茶王。后来到了2016年,我拿了金茶王。"

人家问他,老是拿奖,有什么心得吗?

他说:"认真炒茶就行,不是为比赛而比赛。"

后来他又拿了第二届中国国际茶叶博览会金奖。这个奖的含金量很高。

2018年4月,参评奖项需要茶样,结果童兆民一看,没有茶了。"我叫他们先去别的企业看看,没有的话再问我要。后来我想到了,我可以从以前的客户那里拿回来一些茶样,于是我去问他们要。他们是临平的客户,我去参加比赛,他们也支持的。后来我拿回来一斤半茶叶,重新选了一下,把它弄干净,送到杭州组委会。"

后来宣布比赛结果,全国六大茶类 108 个金奖,绿茶有 62 个金奖。"我们是绿茶,绿茶 62 个金奖里,我们是排在第几的? 排在第十三个。"

2019 年,童兆民拿了杭州市优质农产品金奖。童兆民 2020 年开始炒红茶,没想到连续三年拿了金奖。2023 年,童兆民拿到了茶奥会金奖。

"人家老是来问我诀窍,我的诀窍就是平常心对待,正常发挥,不要为比赛而比赛。"

2020 年,童兆民的茶厂从原来的厂址搬迁,租了个新厂房。设备都是新的,做茶过程中,都需要不断调试,才能炒出好茶。因为机器大小不一样,杀青的时间、距离、温度都不一样。炒茶真的是一门学问。

童兆民炒茶,也炒了 30 多年了。一开始是为钱而炒茶,为生活而炒茶,现在是喜欢炒茶。

"这个东西是不一样的,我以前炒茶,就是想赚钱,那个时候是为了养家糊口。一个家的担子,都在肩上压着。现在生活还可以了,真的是喜欢炒茶。当然,赚钱也是个目的,但就不单是为了钱而炒茶了。"

童兆民 2020 年才开始做红茶,根本没想到能获得金奖。"在杭州领奖时,领导还问我,你炒了几年红茶,我说我第一年炒。他们觉得我是匹黑马,第一次炒红茶就拿奖了。第二年发奖的时候,他们透露了一个信息,说我要是能拿到三次浙茶的金奖,就可以被评为浙江名红茶。"

后来,童兆民就拿下了"浙江名红茶"。

在童兆民看来,炒茶也需要悟性,需要理念。"其实做茶的时候,早晨跟下午,做出来的茶都不一样的。如果按部就班,那是不行的。"

获得诸多荣誉,与童兆民的勤奋和坚持密不可分。他说,做茶要用心,从采摘到制作,每一道工序都要认真对待。

"径心"红茶是童兆民这几年着力打造的品牌。为了做好这款红茶,他不断试验,力求达到更好。

"起初我引进了一种黄花茶树品种制作绿茶,茶有很浓郁的花果香,我在楼下泡茶,楼上都闻得到香味。但是美中不足的是,喝起来滋味太过浓厚,不是老茶友根本喝不惯。于是我就向专家请教,把黄花茶和群体种茶青进行拼配,然后制作红茶,没想到反而更好喝!花香明显,滋味很纯。"

　　做一款好茶，除了茶树品种要好，制作工艺也很重要。

　　"我们的鲜叶都是一芽一叶的，采摘后要进行萎凋、揉捻、发酵和干燥工序。萎凋的过程很重要，萎凋到什么程度、涉水率多少，都十分讲究。茶青要晾晒近 17 个小时，中途要翻两到三遍。这样会让鲜叶损失部分水分，增强茶的酶活性，同时使叶片变柔韧，便于造型。

　　"做红茶最好是晴天，茶叶被清晨的阳光晒一晒，还能增加香气。

　　"发酵很关键，茶叶要放进机器发酵近 3 个小时，这时机器的温度和湿度要控制好，湿度要在约 95%，温度要在28℃—30℃。中途每半小时还要拿出来翻一翻，让茶叶充分吸氧。这一步，茶叶会从绿转红，形成红叶红汤，果香味也会出来。"

　　一锅成品茶约要 3 天才能完工。

　　童兆民会认真对待每一锅茶。"茶做得好不好，关键在细节。每个环节都要盯牢。不然茶叶会半青半红，喝起来有青涩味或酸味。"

　　"茶啊，尤其是绿茶，必须做熟。绿茶如果做生的话，人家说起来，花香什么的，其实在我们来说，就是青草味。有些制茶商谎称这是花香，兰花香，或者别的什么香，其实，真正的兰花香，是可遇不可求的。哪有这么多茶都有兰花香的，无非就是做生。但是做生的茶，喝到嘴里肯定不舒服的，有涩味、苦味，喝到肚子里会发胀，很伤胃的。"

童兆民还说："现在讲故事的人多，搞技术的人少，像我们这样，讲故事是不会讲的，我们只会闷着头去做。"

"其实做茶叶，拿点荣誉，我心里很舒服，有成就感。今年赚了多少钱，我真的不知道，但是拿个荣誉什么的，我真的很开心。"

守艺创新

在李飞琴的记忆里,幼年的自己,经常飞跑在绵延的山道上。

家在径山,白云古道,成为 1976 年出生的她小时最深的印象,而茶香悠悠,也熏陶了她最初的茶缘。

山上五十多户人家,自成一个小小的世外桃源。父亲要上山或下山种茶时,经常背一个背篓,里头装着李飞琴。

六七岁时,李飞琴也跟着村里的农妇一起采茶叶。山上山下,一缕茶香,连接起了父女二人的情感。

长大后,李飞琴从学校毕业,到建设银行上班。她学的是财务会计,一直干了十年。她本来没想到要回来接手父亲的茶叶事业。不知道哪一年,她听到有位老茶客跟父亲闲聊,

"水富,你这一批茶叶好像不对……"说者无心,听者有意,李飞琴意识到,径山茶的市场比较乱,要把好质量关,最好是自己树商标、打品牌。就这样,跟父亲一沟通,李飞琴辞了职,开了一家茶叶直销店——佛鼎径山茶直销店,门店里所有的货都是自家的。

这样一来,老茶客的心稳住了。

"很多老茶客,每年春天一定要买我们家的茶叶。这不仅是一份信任,更是一份情意。"随着对父亲所坚持的茶的信念的了解越来越深入,李飞琴也更加专注于茶事。她在管理门店的同时,静心学茶,考上了三级评茶员,现在是二级技师。

父亲李水富创办了径山茶第一家民营茶厂,打下了径山茶的良好基础。当初是李水富坚持要拉高径山茶的价格,从原来的每斤 200 元,一下拉到最高 1200 元,将径山茶做成精品茶。当时也有很多不同声音,凭什么卖得那么高?但是渐渐地,几年坚持下来,整个径山茶的品位、价值都提高了,水涨船高,径山茶整个行业的精品化程度和档次都高了,所有茶农都因此受益。

正是很多老茶客的追随,让李飞琴更加坚定了追随父亲的茶之路的信念。

"一定要做精品!"这是李水富立下的规矩。

"佛鼎"径山茶,崇尚真色、真香、真味,有独特的板栗香,清香持久,滋味甘醇爽口,是李水富和其他径山茶经营伙伴多年来一起坚持打造的径山茶精品。他们严格按照有机食品生产的要求,推广无公害农业生产新技术,不断提升茶叶品质。

现在,"佛鼎"还是坚持不求大,但求精。宁可茶园面积小一点、产量少一点,但品质一定要做好管牢,绝不能砸径山茶的牌子。到现在,每年春天的采茶季,他们接电话都忙不过来,全是"顶真"的老茶客们的来电。有的老熟客更是直接寻上门来。所为何事,无非都是一个茶字。老茶客们相信,要找好的径山茶,必须亲自来到山头上,茶园里。

"都是老朋友了,他们不是找不到别的好茶,而是一年一年喝我们的茶,有了情意。"很多老茶客就认"佛鼎"径山茶,还说,一喝上这道茶,就能感受到一份做茶人的情意。

李水富已经七十多岁了,有时候也带茶客们上山走走,下来招呼大家吃饭喝茶。作为径山第一家民营茶厂,古钟茶厂已经深深印在许多老茶客的心里。

李水富对于自家的"佛鼎"径山茶,坚持手工杀青、白炭提香、按传统手工工艺炒制径山茶的方式,也印在许多老茶客的心里。

如今,李飞琴继承父亲的手艺,成为"茶二代",制作茶的匠心一点儿没变。她带我们走进车间。"杀青、理条、揉捻、初烘、复烘,工序看似都一样,但手工做出来的就是不一样。"最后一道复烘程序,她到现在还是坚持用高成本的传统工艺——白炭烘干提香。

每年做茶的时候,李飞琴也守在车间。"做茶的人,必须守着。我不守着,炒茶师傅炒出来的也会有差异。"

如今她也像当年的父亲一样,对制茶有着一份执着、一缕执念。一走进炒茶车间,鲜叶的香味、炒制的香味,有没有到火候,她一下子就能闻出来。

一对父女茶人,四十几年还在坚守制茶,一定有自己的道理。"其实像匠人一样,慢慢做,慢慢做,心是很安宁的。"

李飞琴深深爱上了茶,不仅做传统的毛峰绿茶,也做一点白茶和红茶,四月底的茶叶还做点寿眉。去年她制作的红茶,拿去参加了"浙茶杯"的比赛,拿了优胜奖,今年又进步了,拿了银奖。

2016年,为响应大径山建设,促进径山茶产业化发展,古钟茶厂的新厂房搬到了径山禅茶第一村,茶厂总投资2626万元,总建筑面积将近5000平方米。目前,除了生产经营区域,其他空间还"留白",李飞琴说,她希望把茶产业、茶创意都融合进来,结合茶旅民宿,形成规模效应。

如今,李飞琴也开了个网店,并且在尝试抖音直播。她的儿子在读大学,念的是传播学,他正在尝试把径山茶的故事拍成小短片,把一家人跟茶的故事,还有安安静静的茶生活一起拍出来。

"不管这些外在的东西怎么变,我们做茶的用心是不会改变的。"李飞琴说,有时候,做好一个"守艺人"也是一件值得的事。

章红艳的母亲,是在一次家庭聚会上主动和她谈起了自家茶厂的事。

章红艳看到母亲郑重的神情,知道这件事对于家族来说,有多么重要。

"我们希望,你能够回来,守护家族的茶产业。"

随着父母年纪越来越大,章红艳也早已有了回乡的念头。回乡后,她不仅可以照顾父母,同时还能为家族的茶产业贡献一份自己的力量。

一杯通透在人间

对于章红艳来说，五峰山房是她栖居的地方，也是她出发的地方。山中那条穿过茂密丛林的古道，是她从小就熟悉的道路。因为自小对传统茶艺文化的熟悉与喜爱，章红艳答应了母亲回乡发展的要求。

2016年，在家人的帮助下，章红艳创办了一家公司——杭州径山云来集商务管理有限公司（五峰山房）。

五峰山房位于径山镇古道口，是一家以传播茶文化为主题的民宿。民宿内设施完善，集休闲旅游、产业融合于一体，共设有12个房间。400平方米的茶空间，可容纳50人左右开展培训和活动。

民宿外，就是100余亩的茶园，可供游客观赏及体验采茶、制茶、点茶等传统禅茶技艺。民宿曾先后被评为杭州市示范民宿、余杭区示范民宿、余杭区优秀非遗民宿。

跟其他民宿不同，五峰山房是传统茶艺文化爱好者的聚集地，也是章红艳以茶会友的地方。对于民宿这样一个设定，她笑称是"顺势而为"。

章红艳经营的五峰山房，正处在以禅茶文化为核心的文旅度假区——大径山乡村国家公园。每逢周末，她都忙着为客人们泡茶、表演茶道，带他们走古道，一路讲述禅茶文化。

她承续母亲衣钵,已获得国家级高级茶艺师、国家级高级评茶员等资质。后来,在被授予"非遗志愿者"荣誉称号后,章红艳又创立了杭州余杭区径山镇般若文化创意工作室。

"现在的旅游已不是原来观光的概念了,很多人出游也不再是'上车睡觉,下车尿尿',他们想要的是沉浸式的历史文化体验。"章红艳说,随着"禅茶第一村"的打造,很多游客希望到径山村来感受茶文化。

她专门去拜师学艺,将民宿打造成了径山茶文化体验点。春天会有春茶采摘体验活动,到了秋冬季节,游客还能围炉煮茶。因为喜欢汉服文化,她将汉服与茶相结合,开设汉服体验点。每个月,都有许多企业团队、工会组织和传统文化爱好者选择到径山村度假,住在五峰山房,穿上汉服,学习南宋点茶技艺。

在径山村,章红艳感受到自己能做的事情越来越多。这些年,径山对于农文旅的发展相当重视,通过举办径山茶宴、茶祖祭典、宋代点茶等独具魅力的禅茶体验活动,吸引千里之外的游客来到径山村,访古对饮,感悟传统文化,也扩大径山茶的产业疆域。

"20多年前,村里连农家乐都没有几家,现在基本家家户户都开了民宿，在家门口坐着就能赚钱。"章红艳推开窗，外面茶园连绵，正是大好河山。

带着访茶的心意，我走进了禅茶新村"宴茶·径山筑"茶生活美学空间。

好漂亮啊！这是最直接的感受。

这个空间的装修时尚简约，像是一座美术馆，也像是一间城市客厅。窗外是无尽青山、成片茶园，一个碧蓝的泳池点缀在山林之间。楼下是非遗炒茶技艺展示区，大堂有茶与咖啡，二楼与三楼则有十七个各具特色的房间。这是一处供游客歇脚休憩、小住几日的地方，也是一处喝茶修心之所。在这里住着，闻着茶香，让心放空，感受茶的美好和悠远意境，是许多城市人向往的乡间生活吧。

这也是"90后茶仙子"周颖的日常生活。

周颖也是一名"茶二代"，父亲周方林一生与茶结下不解之缘，当年私人承包茶园做径山茶，创立了径山茶第一个自营私有品牌"绿神"。在女儿周颖的记忆里，父亲为人所惦记，"是因为他是第一个吃螃蟹的人"。

周颖说，父亲当年的创业之路并不平坦，曾有一段时间摔了跟头，欠下债务，还受人冷眼和非议，这些都是记忆中的艰苦与辛酸。

然而父亲并未被打倒，债务还清以后，又砸下全部身家去做径山茶。——爱茶至此，还有什么话说？茶，不只是父亲的事业，更是他一生精神所系。

径山茶讲究一个"真"字，即真色，真香，真味。二十年前，周方林就砸钱做有机茶园管理，那时做这个，不仅不赚钱，还很花钱。可是老周看得长远，说哪怕亏本，也要做真正的好茶。

制茶四十年，创下径山茶"绿神"品牌的老周，茶叶的生产与销售也多由自己完成。多年来，"绿神"牌径山茶一直以线下门店为主要销售渠道，基本是靠回头客、忠实茶友来维持销路。但前几年，受疫情等因素的影响，传统的购茶、品茶方式已难以满足现代人的需求。

现在在女儿周颖手上，径山茶的营销模式正在慢慢改变。

"小伙伴们，大家好！今天我来跟大家云品茶，品的是2022年径山的头采茶……"春天，径山茶正式开采的第二天，"茶仙子"周颖穿着一身淡雅宋服，坐在手机屏幕前，与网友相约"云端"品茶。她一边向网友展示新茶的形态色泽，一边行云流水地泡茶讲解："这款茶汤鲜爽度很好，回甘很快，口感清新，抿一口唇齿生香。"

很快，径山茶的订单就一单一单飞来了。

2018年，第十八届中国茶圣节上，周颖凭借高超茶艺和优雅仪态，收获"最美茶仙子"称号。在那之后，她着手建立了"径山茶仙子"团队，并定期开展径山茶文化的宣传活动。

"径山茶的品牌，既离不开每一位茶农的辛勤劳作和传统技艺，也离不开宣传。"周颖说，"现在，我们在淘宝、抖音等平台都有推广的直播带货号，径山茶也开始走进越来越多年轻人的视野。"

将传统茶文化与现代电商销售相结合，周颖成功打开了千年禅茶的新销路。

父亲周方林的创业精神，深深地影响了周颖；周颖又以年轻人的方式，改变了父亲的很多"老套路"。

想当年，父亲是全村第一位购买轿车的村民，他也被评为杭州市非物质文化遗产径山茶炒制技艺代表性传承人、浙江省非物质文化遗产径山茶炒制技艺唯一传承人。

周颖大学毕业后，放弃城里的生活重返村庄，她也想跟父亲一样，成为一名茶人。她有年轻人的时尚审美，喜欢汉服，喜欢一切美好的事物。

刚回村里时,周颖因为急于证明自己,常常用力过度。如今慢慢泡茶吃茶,她也领会到,很多事情其实不需要证明给谁看,只要慢慢去做了,茶的道路就在那里。

如今,在"宴茶·径山筑"茶生活美学空间,周颖更加享受茶所带来的生活之美。

她亲手把茶空间装修得精致美好,还开发出新颖的茶饮品,深受年轻人的喜欢。在这个过程中,她自己也受到传统文化的滋养,带领一批年轻人传播茶文化,领略茶的美好,建立起茶生活美学的范式。

年轻的周颖,如今成了杭州市政协委员,获得了杭州市五一劳动奖章。

一碗茶汤,滋养精神。两代茶人的故事里,始终不变的,是对于美好事物的执着追求与热爱。

北京张一元茶庄,是京城的"中华老字号"茶庄,位于前门大栅栏商业街路南22号。自创建以来,茶庄经历了近百年的风风雨雨。老北京人爱喝茶,提起茶来,嘴边常挂着的就是"张一元"三个字。早些年,老北京都有一句流行话,"吃点心找正明斋,买茶叶认张一元"。

张盛斌,现任北京张一元茶叶电子商务有限公司总经理。他的老家,就在余杭中泰街道,生于 1986 年的张总也是一个地地道道的"茶二代"。

张盛斌父亲开创的中泰乡张家山茶场,位于泰峰村,拥有茶园 500 余亩,生态环境优越、土壤肥沃,茶场海拔 400—600 米,年产径山茶 3000 余公斤,钱塘龙井茶自产加农户产量共 35000 余公斤,总产值 1460 余万元,其中径山茶 360 余万元。企业生产的"京张"牌径山茶先后获得 2018 年浙江绿茶(银川)博览会金奖、2019 年杭州市名茶评比金奖、2020 年余杭区第八届径山茶茶王赛茶王等荣誉。产品主要销往北京张一元、苏州三万昌等茶庄。企业向北京、苏州供货长达 20 年,深受消费者的信赖与好评。

张盛斌说,他常听父亲说起当年卖茶的艰辛故事。"1989 年,父亲开始做茶,当时为了到北京卖茶,他背着两麻袋茶叶,坐两天两夜的绿皮火车,到了人生地不熟的北京,一家一家去推销。当时为了卖一点茶叶,真是不容易。"

大学毕业后,张盛斌也进入了茶叶这一行。"张一元"是北京人都认可的茶叶品牌,是京城的老字号茶庄。"张一元"

发扬老字号的优良经营传统,在确保茶叶质量的基础上,不断更新、改造、调整、增加茶叶品种,受到消费者的欢迎。

北方人喜欢喝花茶,绿茶销量本来有限。张盛斌进入"张一元"做茶叶电子商务后,一直关注家乡的径山茶的品牌建设。最近几年,他经常通过各种渠道推荐径山茶,力推铺货。他自己的办公室里,有来自全国各地的好茶,但他招待客人经常会拿出余杭的径山茶。

"我们家乡的径山茶,算是绿茶里面的小品牌,原本在北京销量并不大。但是因为十几二十年持续不断地推广,坚持不懈地做宣传,已经在京城拥有了一定量的'粉丝'群体。每年春天,新茶刚上的时候,会有不少熟悉的客人来买径山茶。"

中泰街道是径山茶主产区,位于城西科创大走廊中心,其自然生态优良,茶产业基础扎实,现有茶园 16000 余亩,产值近 2 亿元,带动 4500 户茶农增收致富。

中泰受南湖文化、洞霄宫文化的熏陶和哺育,有着深厚的道茶底蕴,发端于南宋时期的道茶文化绵延至今已有近千年历史。近年来,中泰锚定"未来茶乡"建设目标,确立"统防统治抓质量、一所一社一品牌"的发展方向,发布《中泰茶产业发展十条扶持政策》,设立 2000 万元专项扶持资金,打通"种茶、做茶、卖茶、讲茶、乐茶"全产业链,推进茶产业共富工坊建设,通过"中泰""大涤山"等茶叶公用品牌的注册推广和余杭区中泰茶叶研究所、杭州大涤山茶叶专业合作社的成立,为中泰茶叶生产技术指导、技术服务及促进茶园管理、茶叶加工、茶叶销售规范化运作搭建平台,提升茶叶整体品牌效应。

在提出"打造文化共富样板地"后,中泰为茶产业腾飞插上了传统文化的翅膀。2022年,中泰街道深挖南湖文化、洞霄宫文化,做深茶文旅融合发展,通过发展茶民宿、茶家乐、品茶馆、茶园休闲旅游区、茶叶健康养生馆等产业,举办茶文化节、寻鲜节等文旅活动,赢得茶文旅融合发展新的空间,推动"茶文化、茶产业、茶科技"三茶统筹发展。

作为年轻的"茶二代",张盛斌一直关注着家乡的茶业发展。他对径山茶的发展也有自己的看法。

"我希望径山茶的明天更美好,疆域更宽广,为家乡的茶农带来更加丰厚的收益。"他说,他也看到径山茶如今拥有了更加丰富的产品线,有了适应年轻客群的新表达,这都是非常好的,相信径山茶未来会更有作为。

茶之科技

如果问起,在径山茶的科技探索方面谁跑在最前面,答案一定是"远圣"。

汪辉,杭州远圣茶能科技有限公司董事长。杭州远圣茶能科技有限公司,是由浙江远圣茶业有限公司和中华全国供销合作总社杭州茶叶研究院共同出资成立的一家高新技术企业,专门研发生产天然抗氧化剂、高纯度儿茶素、茶黄素单体等产品,并提供应用解决方案。

公司已拥有多项技术专利,并且研发了天然油脂抗氧化剂的生产方法——DAC 高聚物中压制备色谱分离纯化技术和真空低温乳化技术。

汪辉,也是一名径山"茶二代"。

"我是 2005 年开始工作的,那之前是我爸在经营,我等于是接班。我之前在读书,读了国际商务和日语专业。当时我们的茶叶主要出口日本,所以我学了日语。"

2006 年 5 月 29 日,日本出台"肯定列表制度",这个"肯定列表制度"就是绿色壁垒,就是防止中国出口太多绿茶到日本,导致日本本地茶农的收益受损。

面临贸易壁垒,径山茶企业做了积极应对。"出入境检验检疫局是主管部门,而我们的茶叶出口量是杭州市前三名,他们把我们叫去开会,要应对这个事情。"汪辉说。当时远圣生产的很大一部分茶叶是出口到日本的,每年至少 600 吨。

"绿色壁垒",是指在国际贸易领域,一些发达国家凭借其科技优势,以保护环境和人类健康为目的,通过立法,制定繁杂的环保公约、法律、法规、标准、标志等,对国外商品进行的准入限制。它属于一种新的非关税壁垒形式,已经逐步成为国际贸易政策措施的重要组成部分。

"日本进口茶叶的时候说茶叶的农残不合格,就会下达行政命令,把进口的茶叶退回去。光是退回就算了,无非是日本认为不合格。麻烦的是,日本还会在电视台上公布这一情况。这么一公布,日本的民众就会认为这家公司不靠谱。

"出入境检验检疫局也比较注重这一块,和当时的余杭区人民政府,还有蒸青茶业协会一起,创建了全国首家安全质量出口示范基地。这块牌子是国家质检总局颁发的,杭州只有两户,一户是我们这里,还有一户是生产蜂蜜的企业。我们这里就是蒸青茶出口示范基地、安全质量出口示范基地。

"第二个呢,当时蒸青茶出口肯定还是会受影响,不可能有了基地以后就改变了。当时出入境检验检疫局就要求基地备案,然后来检查。当时,蒸青茶企业有 20 多家,还有很多人没办法出口。那么,就是跟出入境检验检疫局商量,说用协会的名义去备案。以协会的名义备案,有一个好处——由协会统一做好管理,就不用分户去备案了。这个是好事情,出入境检验检疫局就同意了,这是 2009 年的事。"

但是经历了这件事情,汪辉认识到,茶叶的粗加工限制太多了。

汪辉做了调研,发现绿色壁垒列出的"肯定列表"主要针对中国出口到日本的绿茶,即蒸青绿茶,因为日本农民当时只做绿茶。

于是,汪辉就计划把茶叶往精深加工方面发展。

企业更换了进口设备,可以去除杂质、调整干燥度等,进一步提高茶叶的质量。

"因为我们卖出去的茶叶,是用于制作饮料的原料。以前我们不做这一步的时候,饮料公司的前端也要做这一步,也要先把茶叶弄干净。为什么要这样呢?其实最后浸泡的机器也可以把茶叶弄干净,但是如果把不干净的茶叶放到做饮料的机器中,会减少机器生产线的寿命,出于成本考虑,饮料公司权衡之后,还是认为分拣的成本更低,能保护机器。所以说,我们就把这个事情拿过来做了。这件事产生了巨大的利润,也拓宽了茶叶的销路。那时候可以做乌龙、普洱茶,我们开始做精深加工。"

汪辉从 2007 年就开始布局茶叶的精深加工,到 2009 年正式有单子,2010 年又迎来一个高峰。"浙江远圣当时一年出口 450 吨普洱茶,占全国总量的三分之一,当时杭州市出入境检验检疫局还表彰了我们。"

"我们在云南有合作基地,把茶叶收购回来,在我们这里精制加工,去除杂质。但是,我们不是简单地签合同,实际是从 2007 年开始,我们就往云南跑了,把周边生产普洱茶的厂家全跑了个遍。"

当时,做茶叶精深加工利润可观,每年利润有四五百万元。

汪辉的父亲汪圣华,是一位老茶人。汪辉记得,父亲从自己读小学五年级时开始从事茶叶生意,一直做到现在。

"我一开始并不想从事茶行业。这里有个过程。因为一开始,我看到父亲承包茶厂制茶卖茶,非常辛苦,我不想做这个事。"

汪圣华以前在村里承包茶厂,把很多事务交给还是小孩子的汪辉来承担。被逼着帮助父亲干活,汪辉留下了不愉快的记忆。"你想想,我当时还是五年级的孩子,总共二三十吨的鲜叶,都是我一个人称的。"

总之,那时候,汪辉对茶叶并没有多深的感情。

汪辉在日本留学时,有一个重要目的,就是了解日本的客户。

"这时候,我发现日本人还是挺厉害的。比如说,日本国内只有绿茶,没有乌龙茶,但是日本人喜欢喝乌龙茶,后来就把乌龙茶这个品种引到日本了。

"大概是在 2006 年,日本商人分两步走引进乌龙茶,第一步是自己在国内培养做乌龙茶用的中叶种。第二步是到福建开加工公司，他们自己来做加工。

"这样一来，我这一块业务就没了。因为本来是我们来加工，现在日本商人自己来开加工厂了。这是一个很大的危机。我在日本，看到日本的茶园，例如在静冈、鹿儿岛，主要是鹿儿岛。他们到福建厦门来开公司的时候，通知了我们，而且还请我父亲去指导。他们直接说，请我父亲到那边去当厂长，开的条件还是挺丰厚的。这其实是会产生竞争的，因为他们开了加工公司，我们肯定是没有这个生意了。

"然后，我们看到的是什么呢？危机。

"因为有了乌龙茶，可能就会有普洱茶。我们当时在做普洱茶，就有危机感了。普洱茶他们后来确实没做，但是日本国内的农民已经种了这个茶苗，我在日文网站上查到了这个新闻。他们在鹿儿岛引入大叶种，就是专门用来做普洱茶的。"

做企业，就要未雨绸缪，需要提前布局，考虑转型。

"不转型的话，到时候就可能会一下子被抢走生意，我们肯定受不了的嘛。"

2009—2011 年，远圣主动跟当时浙江大学茶叶系的两个老师接触，搞了个研究项目。这个项目研发了一段时间，但是没成功。项目研发方向是深加工，想提取 EGCG，就是茶叶中的儿茶素类成分,EGCG 的全称是"表没食子儿茶素没食子酸酯"。

这个东西有什么功效?

"抗氧化,EGCG 具有抗氧化性。我们以前跟普通做茶叶的,或者说喝茶的普通老百姓一样,认为茶多酚肯定是个好东西,但是不知道它是个混合物。EGCG 是茶多酚里面含量最高的一项物质。"

把 EGCG 提取出来的目的,就是利用它的抗氧化性。

"茶多酚也具有抗氧化性,我们说它的功效好,其实就是有抗氧化性。遗憾的是,我们最开始的尝试没有成功。"

后来那个机遇来了。远圣茶业认识了中华全国供销合作总社杭州茶叶研究所的张士康所长,张所长比较注重科研,双方一拍即合。

"因为我们本身了解过抗氧化剂,而张所长的技术已经研发得差不多了,但是仅限在实验室里,只有一个思路,所以最后的研发过程,我也参与了进去。"

双方签订了协议,形成合作关系。成果鉴定会在 2013 年5 月召开,邀请了全国的油脂行业企业,因为这个东西是应用在油脂行业的。之后双方成立了一家新公司来操作这件事情，公司是 2013 年 7 月 4 日成立的。

然后是考察机器设备。

"全国各地跑，主要看人家的机器设备，因为这个机器设备，其实是我们自己组装拼配起来的，并且有些设备去订的时候是没有现货的，还需要按照我们的技术参数来调整。"

这一套设备应该叫什么？

"它是一条生产线，包含不少于 19 个设备，其中的机组就不少于 19 个。"

其中有一个流程是逆流提取。

"我们购买的时候，逆流提取技术还没有应用，只有倒置灌提取设备。倒置灌是什么意思呢？就像水冲进去，然后流出来。但是我们那时候改了，改成平躺式的，热水往左边，茶叶往右边，它们是对冲的，就是茶叶在动，水也在动。这样有什么好处呢？它的净提率能高一点。

"然后是平板膜，过滤大分子的膜系统。有平板膜、RO 膜和超滤膜。"

可以通过加热让水分蒸发吗？

"那会有一个问题，设备里面的物质受热后，香气会随着水蒸气跑掉。所以说，这个过滤必须是在常温下进行的，靠膜的挤压,把水和物质分离开来。"

这里面,难度最高的还是层析柱。柱体核里面有填料,填料其实是一颗颗直径微米级的"小球"。液体流进去以后,通过"小球"和"小球"之间的空隙,把大小分子给区分开来。

这些"小球"的成本很高,70升的"小球"要26万元。小球就叫填料。这个技术难度在哪里呢?就是每颗"小球"既要小,又要形状均匀、误差很小,其直径是微米级的。

安装这套设备最大的难点是,层析柱是层析柱的厂家,填料是填料的厂家,填料和层析柱又要配合。

"我们在做的项目,已经跟药企很像了。药企研发这个设备的成本非常高,我了解过,一个研究员一周工作5天时间,月工资是15000元。他就一个人,给你做实验。"

在科研方面,远圣总共投入了超过2000万元人民币。

我问汪辉,远圣投入这么巨大的研发资金,能收回成本吗?

汪辉的回答是,"到目前为止,还没有"。

"现在回过头去总结,我当时的想法就是要做附加值比较高的东西。以前蒸青茶能卖80块钱1公斤,受贸易壁垒限制之后,我们只能卖20块钱1公斤。我们现在做的,时间和金钱的成本比较高，但我们很坚定，不去做低档的茶叶，不然很容易被人家模仿。因为我们的优势不在这个地方，所以说要做高附加值的茶叶。

"这个方向肯定没有错的。当初，我们也可以选择抹茶这条路，因为抹茶也是比较简单的高附加值的产品。到目前这个节点来看，抹茶的回报高，我们的回报低，甚至没有回报，还在亏钱。

"但是，市场就像一块豆腐干。现在市场大了，我一分析，觉得我们目标其实是一样的，就是做高附加值的东西。人家选择了做抹茶，效益很好，但是我选择做高科技行业的东西，我也是有未来的。

"我们现在在做 EGCG，只是时机还没到。

"也有很多领导鼓励我们，说你们太超前了，你们只是发展的时机还没到。但是不要紧，我相信，只要掌握了这个技术，我们的前景一定是光明的。

"EGCG 属于食品添加剂，GB 2760（《食品添加剂使用卫生标准》，编者注）里的东西，一定要应用到对应行业里才可以卖。比如说我 EGCG 是提取出来了，但是目前它只能用到奶油里面，我就只能卖奶油。"

我问："往这个方向去探索，是一件很不容易的事情，对吧？"

汪辉说："我自己觉得，反正我年纪不小也不大，我觉得还是特别有意义的，我本身也不是专业出身的，但是我怀着对茶叶的一腔热情。

"目前还没有赚钱，你说可惜吗？如果说是错过赚钱的机会，肯定是可惜的，但是我也不觉得可惜，因为我选择做这个东西，就不是单纯为了赚钱，对吧？我赚钱的路子多的是，我可以选择干其他的。

"我为什么一定要做茶科技？你看我们墙上，挂了八个大字：全价利用、跨界开发。"

这么巨大的投入，汪辉和父亲汪圣华之间，有过讨论吗？是否有过意见不一的时候？

汪辉说："讨论过啊。我们甚至讨论得很激烈。我的观点是，如果后面还要投入巨大资金研发，那不能继续做了，因为从经济价值角度考虑，即使我们现在还能承受，再这样下去，这几年翻不了身，或者说没有改变的话，我们就会陷入困境。但是，我父亲依然很坚持。"

"你认为你父亲的坚持有道理吗？"

"我还是比较理性的。从经济角度讲,肯定是不合算的。但是,我们做茶人是为了什么?我们不单单是为了赚钱,我们就是喜欢茶行业,希望给这个茶行业开辟出一条新的路。那么,如果我们父子两个不去做,又叫谁来做呢?甚至我还想好了,如果我们开辟了这条道路,我一定会带领大家一起致富的!"

"这个是我的美好愿景,成不成,都没关系。"

"我去做了,可能会成功,也可能会有遗憾。如果我不去做,那就只有遗憾。反正我现在40多岁,如果说不成功,那我就相当于退休了。"

"目前这个阶段,我眼里的茶人精神,就是创业精神。"

结束对汪辉的采访,笔者心中涌起了一种力量。

汪辉作为"茶二代",对于茶科技的方向,是无比坚定的,对于茶行业的热爱,也是无比坚定的。

远圣茶能科技,这家企业的目标,是成为全球领先的天然抗氧化剂产品及应用解决方案供应商。

公司现已建成年产100吨径山速溶茶、100吨脂溶性茶多酚生产线各一条,形成能指导规模化生产径山速溶茶、脂溶性茶多酚的工艺技术和操作规程、标准。公司新增产值8200万元，能带动周边10000亩茶园利用低值茶资源增值，茶农增收超500万元。

公司所取得的两项专利技术，符合食用油脂行业发展的方向，对整个食用油脂行业的健康发展具有导向性的意义。

汪辉说："径山茶是一片金叶子，名优茶其实有很多人在做，前赴后继的人也挺多，出类拔萃的人也挺多，多我一个，少我一个，我认为影响也不是很大。茶科技，是另外一条赛道，这条道人很少。我当然希望能成功，因为有示范作用。"

一杯好茶的背后，离不开科技的支撑。

浙江远圣茶业的两代茶人汪圣华与汪辉父子，把炒茶卖茶赚来的钱全部投入新产品的研发，在茶叶成分提纯上孜孜以求；还有许多茶人以科技的力量提升茶叶品质。

从种茶、采茶到制茶各个环节，一批又一批的茶人，更加注重精细化管理和品质把控，提升茶园茶企的硬件水平和管理能力，依托全链条，把控、提高径山茶的品质，推动高端精品茶类产品生产。

"径山1号""径山2号"等新品种的成功培育，让径山茶的品质和头采茶的产量都有了提升。茶园进行了生态化、标准化、品质化改造。茶叶加工环节进行了标准化、清洁化、智能化改造。杭州径山茶发展有限公司还与国内顶级涉茶研学机构深入接触,加紧推动成立径山茶研究院。"做强茶科技,径山茶才能迎来新的发展机遇。"

在科技的加持下,千年径山茶悄然发生转变。如今径山茶不仅有绿茶,也有红茶、抹茶,还有各种新潮的跨界产品,如抹茶拿铁、抹茶雪花酥、抹茶曲奇等。有的茶企还把茶叶与花草植物拼配,推出了颜值高、口味佳的花草茶,受到年轻人的喜欢。

吃茶之美

在径山感受径山茶的文化，感受径山茶之美，需要慢慢行走。

径山这个地方，有独特的小气候，容易成云成雨，故而空气常年湿润。陆羽说，"野者上，园者次，阳崖阴林"，种茶讲究"阳崖阴林"，向阳的是陡坡，光照充足，又有杂林高木遮掩，阳光会形成漫射光，林中湿度较高，形成云雾缭绕的氛围。径山茶园的海拔，多在 300—700 米之间，径山茶的生长正与之相宜。

现在讲径山茶，很多人会注重茶的经济效益。但是径山茶的文化非常重要，构成了径山茶之所以为好茶、名茶的缘由。比如，如果是去寻访径山茶，一定要去径山寺看看，一定

一杯通透在人间

要去拜拜径山寺的开山法祖法钦大师。因为有了法钦大师手植茶树，才有了后来的径山茶。想当年，大师在这个地方筑下茅屋，弘扬佛法，真是了不起。

如果你登上径山寺，看见僧人们打坐、行走，风吹起僧衣，他们脸上神情恬静，这就是山中高人的样子。如果你感受到山风拂过，还有一缕茶香，飞鸟从寺庙檐下飞走，那便是禅意悠远的气息。此时，时间可以忽略，人可以与山中万物、历史先贤对话。

一杯茶里，其实有着重要的气息，就是启发喝茶人去感受美的力量。

喝茶的人，有时并非完全在意茶本身的滋味，而在意茶中之美，在意美之力量。

在径山吃茶，还要去寻访一位制作茶筅的手艺人。

现在，很少有人知道茶筅是什么了。

其实，茶筅就是由一整块竹子制作而成的茶具，专用于点茶。宋徽宗赵佶在《大观茶论》中写到它："茶筅，以劲竹老者为之。身欲厚重，筅欲疏动，本欲壮而末必眇。当如剑背，则击拂虽过而浮沫不生。"

南宋刘松年有一幅《撵茶图》,描绘了宋人喝茶的过程,桌上就有茶筅、茶盏、盏托等茶具。宋徽宗的《文会图》更是宋代茶画中的精品之作,描绘了一场宋代文士的大型茶会。画中古树假山伫立,庭院幽静,气氛雅致。画面下方有一茶桌,侍者正在点茶分茶。当时吃茶,很重要的环节是比试调茶的技艺。注水之时,讲究茶与水的比例,"茶少汤多,则云脚散;汤少茶多,则粥面聚"。然后通过茶筅击指,茶汤表面凝出一层泡沫,泡沫先消散露出水痕者,技艺欠佳,泡沫很久才消散者,就略胜一筹。

随着喝茶方式的变化,点茶渐渐不流行了,直至慢慢消失。现在推崇宋韵,笔者有幸在好几次复原宋式吃茶的场景下,欣赏到茶人用茶筅点茶的优美动作。茶人点茶时,将用丝罗筛出的极细的茶粉放入碗中,注以沸水,然后左手扶碗,右手执茶筅,不断来回击打茶汤,茶盏中很快就泛起一层泡沫。

而宋代点茶传入日本,逐渐发展成今天的日本茶道,其主要操作和器具依然沿袭宋代的规范。茶筅也相伴传入,沿用至今。

南宋有一部奇书,《茶具图赞》,把当时吃茶要用到的十二种器具命名为"十二先生",分别赐予它们姓名与字号,又给它们冠以官名,以此展现它们的质地、形制和作用,读来很有意思。作者将茶筅称为"竺副帅",名善调,字希点,号雪涛公子,表示它能够调拂茶汤,起雪涛之势。

明末清初时,有一位叫毛奇龄的学者,写了一本《辨定祭礼通俗谱》,里面也提到一种宋朝人吃茶常用的玩意儿:茶筅。毛奇龄是一位考据派学者,他都不识茶筅为何物,由此可知,茶筅在清代就已绝迹,清代的烹茶方式,跟宋代已经有极大差异。

茶筅是点茶的必备工具,其构造类似于现代的打蛋器,因为筅穗纤细且数量众多,容易在汤面击打出泡沫。

然而,茶筅这种工具,制作起来极难。

在余杭径山脚下的禅茶新村,隐居着茶筅制作技艺传承人陈金信。老陈家几代人,都从事传统竹编制作,是谓篾匠。很多年前,一个日本客商来到径山,找到陈金信的父亲,拿出一只茶筅,问其能不能做。

做了几十年竹编的老陈师傅没见过这玩意儿,也不知道这是干啥用的。但他看看这样一个简单的竹制品,觉得无甚难度,便满口答应下来。结果,抓瞎了——小小的竹筅难倒了一个老篾匠。老父亲用了六年时间,才做出一只茶筅。做完后,送到日本客商跟前,人家一看就摇头。

一只茶筅,看起来简单,做起来却是那样难。茶筅的选材,要用高山白竹或紫竹,以成年老竹为佳。茶筅的筅穗,每一根都形体纤细,弧度优美。茶筅须纯手工制作,共细分为18道工序,从选料、锯料、取簧、冲丝、削簧、弯头、编线,到最后成型,每道工序都有讲究。根据根数的不同,可分为平穗(16本)、荒穗(36本)、常穗(64本)、百本立(100本)、百二十本立(120本)等,用于调制不同浓薄品质的抹茶。

一只茶筅,最终用了十几年时间,由陈金信和父亲两代人合力才做出来。他们完完全全从零开始,经过无数次失败,无数次咬牙重来,才复原出茶筅以前的模样。

眼前,是一只接近完美的茶筅——对于想象中的事物,或者在历史上出现过又消失的美好事物,我们必须极尽严苛。否则,我们要怎样才能接近过去的气息呢? 那个时代人们对于艺术审美的极致追求,从来就不是敷衍的态度可以随便模仿的。今日之人,掌握的科技力量与工业手段,都不知道超越了从前多少倍,但那种极尽所能、精益求精的行事态度,是不是也能一样毫不逊色?

陈金信如今也已成了老陈。他俯身弯腰,在一张桌子前制作一只茶筅，其专心致志的程度，仿佛在对待一件艺术品。也的确是艺术品——不只是因为一只茶筅能卖到几千上万元，全世界的茶人都以得到一只他的茶筅为荣；还因为那只茶筅的每一根竹枝都细如发丝，绽放如花瓣，优美的曲线如自然造物，使人不禁发出轻声赞叹。

点茶，一种源自宋代的极致的生活美学。《梦粱录》中说："烧香、点茶、挂画、插花，四般闲事，不宜累家。"这是宋代人们的日常生活，风雅又平常。

宋代点茶，如今也受到人们的追捧。近年电视剧《梦华录》热播，更把人们拉回宋朝，掀起了一股宋代点茶热潮。点茶非常讲究茶粉与水的比例。茶粉往往少至只有指甲盖大小一撮，而水则要足够多，分几次注入，每次注水都需充分搅拌。然后用茶筅快速击打茶汤，直至茶汤泛起泡沫，颜色从翠绿变成奶绿，又变成奶白，最后呈现满碗白色雪花，这个变化，真是考验手下功夫。

除了点茶，还有"茶百戏"。西方用咖啡和牛奶做出"拉花"，宋代的人则通过茶与水来作画，形成纤巧如画的汤纹，作画的工具是一个小茶勺，或汤瓶的壶嘴，描出点点飞鸿、寂寂小亭，或三两桃花。

点茶手艺人郑志伟老师就颇擅此道。她曾获得第八届中华茶奥会仿宋茗战金奖,也时常在各种场合向大众传播点茶之美、吃茶之美。

"碾茶、注汤、击拂、分茶……"郑老师一边为大家介绍宋代点茶的相关知识,一边讲解点茶前的各种准备事项与动作要领,最后亲手示范点茶过程。随着她行云流水般的动作演示,悠悠茶香在空气中弥漫,一盏茶汤徐徐呈现于众人眼前。这一优雅诗意的过程,充满了令人陶醉的美感,也让人感受到了宋时的风雅,以及传统文化的魅力。

郑志伟说,点茶这个过程并不复杂,最难的可能是要去领悟和感受这个过程里蕴藏的美好。点茶、吃茶,其实有很多精神层面的内涵可以去挖掘。

的确如此。当今天的人,郑重地端起黑釉兔毫建盏,手持茶筅,指绕腕旋、手轻筅重地点一碗茶时,我们是不是就能穿越时空,回到八百年前的旧日时光里? 今天的人还能不能像古人一样缓慢地行走在茶之古道上,栉风沐雨、历经沧桑,然后坐下来纯粹地感受一碗茶汤之美?

吃茶。且吃茶。不如吃茶去。其实吃茶只是吃茶,它什么都不是呀,它只是你吃茶时那一刻的超然物外,月映于中,只是那一瞬的时空折叠,一瞬便是永恒。

宋人吃茶,点茶,也叫作分茶——在茶面上拉花,画出种种鸟兽虫鱼,其实也不过是雕虫小技。不要说跟治国平天下相比,就是跟修身齐家相比,吃茶都是尘埃小事。然而,从前的人岂会不知? 哪里是不知——他们是知道了生之短暂,知道了流年易逝,才这样分外地珍惜每一个吃茶的时刻吧。

从一只小小的茶筅上,能感受茶之精神,也能感受茶人的执着与宁静。

茶人学者吴茂棋说,他特别崇尚陆羽的茶人精神,总结起来就是一个"俭"字。古代的俭,指的是约束自己的欲念,约束自己的行为。喝茶的时候,如果能从一盏茶里照见自己的精神修炼,那就是最大的收获。

他又说,一个茶人,要成为很博学的人。只有研究得很深很深了,举一反三,才知道世界原是相通的。中国人有一句古话,"疱丁解牛,技进乎道"。

径山茶的道在哪里呢? 应该是在它的美。这种美,是文化之美,精神之美。

径山茶的美,值得更多的人去挖掘,去传播。

茶旅生活

径山茶的主产区,在余杭区西北境内,以东北天目山脉、东、南、中、北苕溪流域为限,范围涉及径山镇、余杭街道、闲林街道、中泰街道、黄湖镇、鸬鸟镇、百丈镇、瓶窑镇、良渚街道共9个镇(街道)。

径山茶,作为区域公共品牌,其"径山"是一个地理概念,不仅是"径山"这座山上的茶,也不仅是"径山镇"的茶,而是整个余杭的茶。

聊到径山茶的热爱者,还有几位文化茶人,也应该被记上一笔。正因他们的努力,径山茶才能不断拓展边界和疆域,形成了茶的跨界。他们做的事,围绕着"茶",又不止于"茶"。

一杯通透在人间

　　"采彼谷雨之芽,储诸佳缶;汲此双溪之泉,煮以美甄。猗欤香芬之清醇,正堪礼佛;休哉汤泽之澄碧,雅可作贡。余以自饮,于氤氲中明见禅心;兼с饮客,自机锋里证得空境。"

　　"辨空色为非相,离相即佛;融禅茶于一味,知味了性。以是宴具三事,寓修行于嘉会;茶人六品,驰令誉于上邦。鸿渐南来,烹石泉于茗畔;茗艺东播,弘茶道于扶桑。"

　　这两段话,引自中国作家协会会员李素红的作品《径山赋》。李素红不仅是作家、书法家,还是一名茶人。著名诗人、书画家汪国真曾经这样评价她:"李素红是个奇女子。她能诗,能文,能书,能画。她的诗文自然、生动,她的书法秀丽、洒脱,她的绘画简约、含蓄。我以为,即便在文化界,修养如此全面的女性也并不多。"她出版过长篇小说《花落红尘》、诗集《有梦在江南》、散文集《樱桃红了》等作品。

　　最近几年,这位痴迷于创作的作家,却将自己的文学理想与家乡的建设串联在一起。原先一直在城市从事文化产业工作的李素红,回到径山老家,一门心思做起了"文化茶"。她在径山开了一间茶生活主题民宿,在这里整体呈现自己对于理想生活的构想——有茶有书,有诗意和远方。

　　三月径山,桃红柳绿。我们穿行在乡野之间,抵达平山村的径界书香民宿。这里就是作家李素红实践她理想主义生活的地方。一脉溪流畔，一棵枫杨，一株银杏。她的茶生活主题民宿中，好书四壁，茶香袅袅。这里有八间客房，可以举办小型会议或团建。民宿与茶厂合二为一，既是制茶饮茶之地，也是生活栖息之所。

正是新茶时节，我们坐在书香茶香里聊起一叶茶的乡情故事。李素红记得，她当初刚回乡建造这幢民宿时，从银杏树上跌落一只毛茸茸的雏鸟。她细看发现，原来是一只羽毛未丰的领角鸮，也就是村民俗称的猫头鹰。于是，李素红细心照料、好生款待这位"不速之客"，养了一年半之后，这只可爱的领角鸮终于长成，她又将它送归大自然。

一只领角鸮的故事，几乎就是女作家与乡野交流的寓言。从小在这片土地上长大，她对于草木、时间都有自己的理解。哪怕只是一片茶叶，她也注入了自己半生的体悟。"做茶，就一定要热爱茶。如果没有热爱，没有自己对茶的理解，怎么可能做出好茶？"

从三月中下旬开始，从第一片径山茶的新叶开始，李素红就会和制茶师大毛一起埋头于茶事之中，无暇他顾。摊青，杀青，揉捻……一道道工序下来，人与茶之间是在相互感受，彼此成全。一叶茶脱离了春天的枝头,就踏上了自我成长的道路。制茶人只是顺势而为。对于大毛师傅来说,机器毕竟只是机器,无法根据茶叶的状态来调整自己的程序,而一位造诣颇高的制茶人则可以随时与茶叶互动。谷雨那天,一捧茶叶在手中,大毛师傅一摸、一炒,知道这天是谷雨了。为什么会这样神奇?谷雨之前的茶叶,叶片中的汁液丰富,水分充足,到了谷雨这天,鲜叶下锅一杀,一会儿就瘪掉了,水分跑到叶面了。老祖宗们立下的节气,就是这么让人惊叹。

做茶的时候,要将心注入。做茶做茶,头一抬,一个春天就快过去了。李素红说,新茶刚上的时候,屋外的银杏树还没有长出新叶,等到这一季制茶结束时,突然发现银杏已经满树绿意。一般茶户做茶需三四十天,李素红做茶要六十天。做完绿茶,她还要做些红茶、白茶,还有一小部分岩茶。因为前几年,她在茶园试种了一批肉桂品种茶树,去年得了五六斤干茶,今年会有二十来斤。

作为杭州径界茶叶有限公司法人,李素红做径山茶,就是一个词,"热爱"。在她看来,有时候,与茶交流,远比与人交流更有趣,更丰富。

李素红的茶生活民宿,也体现着民宿主人的生活理想。

田园,乡村,茶田远,诗意近。李素红拥有三百亩茶园,这几年研发的一款红茶,每年的销路都不错,客人们口口相传,供不应求。随着时间的流逝,她几十年前创办书画培训中心教授学生书法绘画时积累下的资源越来越多,许多艺术院校的学生都是她的学生。如今她开始做茶,总有许多人找上门来买茶。她做的绿茶、红茶、老白茶和岩茶,都有各自的客户群。

每个人心中,都有自己的一抹茶香。李素红将她热爱的文学、书法艺术,融入家乡的径山茶中。茶叶的包装是她自己设计的,包装上的文字是她自己的书法作品。这一整个美学系统,构建了她手中径山茶的灵魂。

"我们喝一杯径山茶,不只是喝茶的滋味,更多的应该还是自己对茶文化、对生活美学的理解。"李素红说,名山、名寺、名茶,径山茶的文化,径山茶的故事,都要好好讲述和传播。让优秀传统文化活起来,让一片茶叶推动文旅融合,助推余杭经济社会发展。

也许,每个人都在种一片茶园,而茶的香气,不知不觉之间,将会飘到很远的地方。

现在我们把目光投向径山书院的创办人陈洁瑾。

一杯通透在人间

2017 年,陈洁瑾同她的先生从城里回到农村。在径山镇平山村,她创办了径山书院。她的目标是,"弘扬径山文化,助推乡村振兴"。陈洁瑾说,将"看得见"的山水、建筑、文化历史和"看不见"的创意、策划进行资源整合,开发乡村旅游新模式,这是一件有挑战也有意义的事。

陈洁瑾颠覆了书院的传统模式,将径山书院打造成文农旅一体的时尚空间。同时,也将径山禅茶文化与时代特色结合,还与禅院进行深度合作,来推动优秀径山茶文化的传播。

"我们讲述径山禅茶的故事,吸引了很多人,一份禅意,一缕茶香,让我们书院有了独特的魅力,这里成为众多社会机构、学校的研学基地。"

在 2022 年国庆长假,陈洁瑾策划了"大径山国庆飞行节"活动,上万名游客着茶服、饮禅茶、品茶宴,坐着直升机看万亩茶园。书院自身的接待能力有限,就向周边的民宿农家乐"导流",让村民一起分享径山茶的"红利"。

陈洁瑾与当地涉农公司和个人等开展协作销售、农事体验等合作,联农带农开办民宿十余家;于 2019 年启动乡村数字团建、数字党建项目,助推乡村旅游数字化;先后引进农文旅企业数十家,助力乡民共同致富。

同时,陈洁瑾还以文创设计、农创研发为核心,贯通农副产品上下游,开发自有农产品品牌,带动周边农产品销售。在她看来,径山茶正是径山文旅事业不可或缺的重要一环。

"每个人心里,都有一抹浓浓的乡愁。径山茶就是乡愁的载体。"陈洁瑾说。

马宽现在很忙。

他是径山村的村务工作者,又是村里旅游公司的负责人,还是"五峰茶业"这份家业的传承者。

三重身份,其实在做同一件事:为了让更多的人走近径山村,走近径山茶。

漫步径山村,随处可见一个头戴斗笠、身背茶篓、机灵可爱的卡通形象。这是径山村旅游IP形象——"径灵子"。而帅气的马宽,从某种意义上讲,也算是径山村形象代言人。

马宽对径山茶的发展有着自己的理解:"我父亲那一辈的老茶人总是埋头做事,做好了茶就销售掉,但现在市场越来越细分,顾客越来越追求个性化、多样化,应该根据需求进行更细致的研发与包装,不仅要卖产品,更要卖文化。"

马宽牵头成立村属旅游公司,专注文旅及文创衍生产品的开发,策划了一系列活动引流,希望以品牌塑造提升产品附加值,实现茶文旅融合发展,走出一条可持续、稳就业、稳增长的共富路。

他参与设计的"径灵子"文旅 IP 形象,结合了茶圣陆羽、径山古寺等当地元素,还由此衍生出一批文创产品,如画着径灵子形象的小罐茶、点茶套装等,很受游客欢迎。

村里的径灵子乐园开业运营后,游客纷至沓来。"一到节假日,来这里玩的家庭特别多。小朋友玩滑梯、蹦床、戏水,大人钓鱼、烧烤、露营,每个人都能找到乐趣。"

"相比于以前的重产业、轻文化,现在我们选择用文化为产业加分。"马宽说,径山的茶文化由来已久,不仅在于其种茶的历史久远,更在于那1200多年的禅茶文化积淀。

为此,他组织起径山村爱好茶文化的青年们,一起运用茶汤会、祭茶祖等活动的形式,把径山的禅茶文化表现得淋漓尽致,让游客真正爱上径山村。

伴随着径山村旅游产业的发展,越来越多的年轻人回到了径山村。这里头,既有放弃公务员编制回乡创业的年轻人,也有抛下城里的工作回到村里开办农家乐的小夫妻。径山村,变得越发朝气蓬勃起来。

不知不觉间，马宽团结了一批年轻力量，把茶叶与文化深度融合在一起。

"只要年轻茶人抱团起来，我相信径山村未来的茶文旅之路会越走越宽。"这是马宽的愿景，他觉得，径山茶的天地，还会更加宽广。

当人们讲到径山茶，第一个想到的就是可供品饮的茶叶；然而，在黄湖还有一位茶人因为爱茶而突发奇想，直接把茶树变成美丽的风景。

当我们来到黄湖镇赐璧村的一处山坞中，顿时被满山的鸟鸣淹没。各种各样的鸟儿啾啾鸣唱，衬得整座山谷更显幽静。

这里有一座栗士坞水库，水库边有一座云顶农庄，这里是陈红炳与郑苏君夫妻俩以二十余年时间倾心打造的"茶之园林"。

陈红炳出生于径山茶农世家，祖上三代都是茶农，一直从事茶叶的培育和生产。在他记忆里，每到春天采茶季，山野里到处都是采茶人的身影，家中也无处不弥漫着阵阵茶香。1999年，径山隔壁的黄湖，在域内率先走上了乡村产业发展之路,这让拥有一身制茶本领的陈红炳看到了机遇,他决定到黄湖的赐璧村发展茶园。

黄湖镇,也是径山茶的主产地之一。在当地政府和行业协会的扶持之下,很快,陈红炳在黄湖的第一棵茶树扎下了根,随后"云顶茶坊"诞生,不仅茶树栽植、培育越来越精细,茶叶品质稳步提升,还带动了当地茶农增收。陈红炳的茶园面积达到 325 亩,年产量近 2500 公斤。

而在云顶农庄,最有特色的,还数他的"茶之园林"。

陈红炳的第一次尝试,动力来自对一株老茶树的凝视。他望着一株老茶树,觉得这棵树枝干遒劲,饱含沧桑与力量之美,几乎在一瞬间,他决定把它从山坡上移栽进花盆里。他为自己这个念头激动了好一会儿。

那是在 2017 年,他把一株一百多岁的老茶树移栽进了花盆。

走进两座科技大棚,我们被眼前一株株形态各异的老茶树所吸引。这些老茶树几乎都来自山中,野生野长,每一株品相都不相同:有的叶片极大,呈椭圆形,有的叶子极瘦,呈狭长形;有的叶片边缘有明显的锯齿纹,有的叶片边缘则十分光滑;有的新芽是紫色的,有的新芽则是嫩黄色的。如果不是随着主人的一一指点前行,我们有时几乎迷失在茶树之海中。

从第一棵茶树盆栽开始,到如今的 600 多棵老茶树,陈红炳构建了一片茶树的园林美景。"这些是宝贵的茶树种质资源库,对于茶树的科学研究来说有重大的意义。几十年的茶园改造中,很多老品种的茶树都被挖掉了,改种了新的品种。几百年了,这些老茶树品种如果消亡,那非常可惜。"

许多年中,在茶叶生产加工的空隙,陈红炳四处寻找老茶树,经常翻山越岭、寻寻觅觅。"有的是荒山上找来的,有的是从附近农户手里收来的。"如今,在陈红炳的茶树宝库中,有不下 200 个品种,有的品种几乎是茶界的"大熊猫"。

陈红炳有几棵自己钟爱之作,有一盆连体茶树,造型独特,像一艘帆船,陈红炳将它取名为"茶帆风顺"。另一盆一人多高的老茶树,枝干苍劲,很有古意,这是陈红炳请了四个人,花了整整两天时间,才从高山上"迁移"下来的。另一棵茶树,陈红炳为它取名"云顶一号",农庄的许多茶树与茶叶,母本也来自它。陈红炳采摘茶叶制作成茶去参加比赛,光是有一年就获得了 6 个金奖、1 个银奖,可谓"获奖专业户"!

在陈红炳看来,每一棵茶树,都独一无二,无法复制。因此,他必须善待每一棵茶树。如何把它们保护好,夫妻俩费尽心思。

"种茶树盆栽，要循序渐进，先把茶树移栽到地上，再种进盆子里，然后一步一步把盆子换小。"这其中土壤是关键，盆栽中的土壤，要经过高温暴晒与消毒，用机器与手工细筛，分层排布，这样种下去的茶树才有良好的"小环境"。再加上精心呵护，每一棵茶树在盆子里也能生机勃勃。

单单浇水一项，也有无数学问。夏天，每棵茶树每天得浇两次水，早晚各一次，晚上必须等气温下降之后，土壤温度降至合适才能浇水，一般要到七八点钟。给所有茶树浇一遍水，就要花费三个小时。

随着气温变化，盆栽还要搬进搬出，茶树有时需要阳光照射，有时又要做好防晒工作，十分累人。但陈红炳乐此不疲。每次忙完这些事，他就手捧一杯径山茶，欣赏这片茶树园林风景，不由得陶醉其中。

"一年到头，我们都离不开这片茶树。"在这座特别的"茶之园林"中，数百盆形态各异的茶树盆栽，每一盆都有独特的造型，也有自己的故事。陈红炳说，这座茶树种质资源库，既有文化价值、欣赏价值，更有莫大的科研价值。

陈红炳与郑苏君夫妻俩，用二十余年的时间，把自己的茶园打造成一个诗意茶生活的空间。"我们都将近六十岁了,要让日子慢下来,不能像秒针一样奔忙,而应该像时针一样平稳。"

茶,不只是一个生意,更应该是一种生活。老陈说,很多人在说,径山茶要有茶文化,什么是茶文化?他的理解是,茶的生活方式,就是文化。在这片山谷中,夫妻俩春有春的生活,夏有夏的节奏,秋有秋的日常,冬有冬的悠然。三月中下旬新茶开采之时,第一批采茶工人从安徽过来,其中大部分是老茶工,也有部分是新茶工,怎么让她们安心居住下来,安心采茶?老陈每年会在门口挂上一个条幅:"春天的小燕子飞回来了!"用以迎接这些采茶女工。

说到怎么做出一杯好茶,老陈也有自己的心得。他做绿茶,也做红茶,这些年,他的茶捧回了一个个金奖。和老陈坐下来品他的红茶,茶汤呈琥珀色,清清亮亮,金毫在茶汤中飞舞起落,一片片茶叶在汤中苏醒。窗外,鸟鸣声声,白云聚散。正如老陈所说,山中岁月长,不由觉得时间也过得慢了。

这就是茶的生活。陈红炳这位云顶农庄主人、国家一级评茶师,把自己的生活与茶融为一体,不知不觉中,自己也成为一棵老品种的茶树了。

一杯通透在人间

三百多亩的茶园,被陈红炳打造成一座"共富工坊"。他带动村民们一起干,把村里的富余劳动力变成产业工人。

世代事茶的人,格外珍视每一棵茶树。陈红炳对茶树的栽植、培育也都非常精细。同时,陈红炳还打造了径山茶文化传播科普基地,基地内设有展示室、教学室、制作区。通过定期开展茶艺、茶礼的培训,有些茶农"更上一层楼",成了径山茶文化传播的使者。

当他与一株株老茶树相对的时候,那一份悠然闲适自心中溢出。这山谷之中,既是茶园,又是生活,更是一种茶生活之道了。

王位山,又名黄回山,主峰海拔 725.5 米,为余杭第二高峰(余杭第一高峰是窑头山,海拔 1095 米)。王位山崇山峻岭,树木茂盛,成片的松、杉、竹、长绿灌木林各千余亩。上王位山的 65 道弯,被人称作"最美弯道"。

三月,在和煦的春阳中,我们一路驱车驶过 65 道弯的盘山公路,抵达云雾之间的山顶,登高而望,一览山谷茶园,满山绿意盎然。

在这里,我见到了茶园主人张宪淼。

2009年,这位企业家来到余杭区的黄湖镇王位山,接手承包了山顶1320余亩的三园茶园,承包期50年。王位山的山顶比较平缓,这里也是径山茶的主产区之一,山顶有大面积的茶园。

张宪森曾经是位"不锈钢大咖"。他经营了40多年的不锈钢生意,将企业做到浙江省行业前三,打造了不锈钢行业最具竞争力的精品基地。现在,他将制造产业逐渐移交给了儿子,自己玩"跨界",一脚踩进了王位山的茶园里。

王位山的三园茶园,是张宪森从一个温州老乡手里接过来的。接手之前,张宪森观察了好久,他发现三园茶园所在的王位山是国家地理标志产品保护区,始终保持着原生态环境,因此能培育出优质的有机茶,张宪森确定了茶园品质,才放心接手。

"王位山错落的山峰及其特殊的山体结构等特点,使来自东南的温湿季风易进而难出,在此处形成了激烈对流和多云雾、多漫射光的常年湿润多雨环境,非常适合种植有机茶。"

张宪森喜欢到茶园里走一走。举目青山云雾,低头茶树成行,泡一杯绿茶,一杯茶里都是山水意境。如今的王位山,不仅茶园秀美,更是网红打卡地,许多人自驾上山,体验弯弯山道的惊险刺激。也有众多摩托车爱好者、自行车骑友集聚于此山。每到天气晴好之时,山道上都是奋力上山的车辆。

不仅如此,山顶的茶园、茶庄,也是体验云间休闲生活的好地方。王位山山顶有个滑翔伞基地,有众多爱好者前来。在山顶的露台,坐着户外椅,悠闲地喝一壶茶,随手一拍就是一张绝美的照片。

谁能想到,当初张宪森刚接手时,这里连一条像样的路都没有,供水供电都基本处于空白状态。在老一辈王位山村村民的帮助下,张宪森和他的团队,几乎是用镰刀与锄头从山脚到山顶开出了一条登山路。接着,又用时三年把土路修到了山顶,让山上通了电。

对于茶园,张宪森还有更长远的想法,他正慢慢将这里打造成一座独特的茶园。"再过段时间,山上的樱花、百合花都会开了,到时这里就是一个云间花海了。"

要想有一捧好茶,必须要有好的自然环境。王位山的茶园远离人烟,空气纯净,周围二十余里岭峰高峻、悬崖陡峭、林木深邃、草木葱郁,较高的海拔为茶树生长提供了天然保护屏障。这里的茶园也有自己的小气候,温度、光照、水分、土壤都有独特之处。人往茶园里一站,顿时心旷神怡。这里的茶园,每年可生产名优茶 1 万多斤，具有一定的生产能力和经营规模。三园茶园也加入了"余杭共富工坊 1412"计划，成为黄湖首批"共富工坊"之一。

对于张宪淼来说，茶园远不只有茶，还应该有更多的文旅形态。眼前的茶园之景，简直美不胜收：樱花、白玉兰、红枫、翠竹静立，春可赏樱，夏可观星，秋来望月，冬来赏雪。他还希望通过团建、学习、品茶等方式，让更多的人感受这里得天独厚的自然环境，品一杯径山茶的无尽茶香。

如今的王位山，更像是张宪淼实现梦想的地方——一个农业的梦想，一个跟随时间与季节慢慢生长的梦想。

这位知名企业家还跟年轻人一样，玩起了抖音，化身主播为大家介绍三园茶园的优美环境和有机茶叶。三园茶园的径山茶电商渠道，也早早铺设完成。

我们与张宪淼一起，在云海平台驻足，远处起伏的山峦，尽收眼底。好一番豪迈景象！

潘板传道

如果说，径山寺是"山上"的茶道传播场，那么还有一个地方，可以视作"山下"的茶道传播场。

数十年间，一个叫"潘板桥"的地方已经成为茶学的"黄埔军校"。

茶学人耳熟能详的"潘板精神"，也是中国茶学系历史上浓墨重彩的一笔。它跟余杭有关。

1966年3月7日，浙江农业大学茶学系65级全体学生和部分教职工从杭州市七佛寺迁往余杭径山脚下的潘板桥。这是茶学系迁至潘板桥的第一批师生。当时，师生们借住在杭州茶叶试验场三分场的两座草棚里，边劳动，边教学，边建校，条件十分艰苦。

尽管如此,科研并没有中断。1967 年,师生们将七佛寺教学标本园的所有茶树品种和全部育种资源迁移至余杭潘板桥,历时半月,成活率达 100%。

据"浙江大学人民号"发布的文章《茶学 70 年:一枝一叶总关情》,十年特殊时期,浙大茶学系教工和学生排除干扰,教学和科研不停步。在潘板桥办学期间,先后招收 5 届工农兵学员 180 余人,举办全国茶叶检验审评培训班等各类培训 10 余期,培训学员 500 多人,编印《茶树栽培学》《茶树育种学》《茶树病虫害防治》和《制茶学》铅印本教材和有关知识班教材十余种。

1979 年 12 月,茶学系从潘板桥迁回杭州华家池,潘板基地正式成为茶学实践教学基地。数十年来,基地为茶学专业积累了丰富的教学经验和实习素材,为建立示范性教学基地奠定了良好的基础。

1966 年,浙大茶学系在余杭径山潘板桥艰苦初创、劳动建系;1979 年,迁回华家池;1989 年,被国务院学位委员会批准为全国唯一的茶学国家重点学科;2011 年,茶学系迁往紫金港新校区;2017 年,由蔬菜、果树、茶学组成的一级学科——园艺学入选国家"双一流"建设学科和第四次学科评估

A＋学科；2022年，茶学专业成为国家级一流专业建设点……浙大茶学系正在发展内涵的道路上从容前行。

70年间，浙大茶学系经历了从无到有、自小而大、由弱到强的发展历程。"潘板精神"，已经成为浙江大学茶学系的宝贵精神财富。

如今的潘板桥，仍是浙江大学茶学实验基地。茶学是一门实践性很强的学科，不仅要在课堂上教学相长，还要到田间地头劳动，到生产车间实践。

浙江省茶叶学会理事长、浙江大学茶叶所所长王岳飞教授的身影，经常出现在径山茶学实验基地。作为径山茶学实验基地负责人，王岳飞教授带领学生们为径山茶的科学研究设立了许多课题。

每一位浙大茶学系的学生，在本科的四年学业中，总会有一段时间在径山的茶学实验基地度过。他们在好山好水中，学做好茶，也学如何当一个好茶人。

2024年的元旦，浙大茶学系的首期高研班在径山举办了一个隆重的毕业典礼。这个高研班汇聚了全国各地的茶界精英，有人戏称这是茶业界的"黄埔军校"，有一位资深茶人，改了其中一个字，称这是"黄埔'径'校"，这个"径"，是"径山"的意思,是茶叶走出新"路"的意思。

首届浙江大学茶调饮师师资班,也选择在浙江大学潘板茶学实验基地开班。新茶饮作为我国茶产业全新的重要力量,发展之迅猛,规模之宏大,令人惊叹不已。十年间产值达到 1400 亿元,50 万家门店遍布国内外市场。然而,无论是配方的研制还是其中的技术难点的解决方案,或者是饮料供应链的建立,人才都非常缺乏,远远不能满足产业快速发展的需求,所以浙江大学茶学系组织开办这样的培训班,必将对新茶饮的健康发展产生积极的推动作用。

"潘板就是我们的根,也是我们的娘家。"

王岳飞教授、所长对径山可谓情有独钟,他把这里看作浙大茶学系的精神家园。每年他都带领很多学子在这里领略茶学的魅力,也为茶学的发展贡献自己的智慧。

在潘板茶学实验基地,各种新鲜的前沿科技成果,都在这里试用或实验。前不久,茶学实验基地有了一座光伏电站。这座电站由 180 多块光伏板及相关组件构成,总装机容量为 100 千瓦。

这也是杭州首个"茶光互补"效益研究实验田。

一杯通透在人间

在传统的径山茶园增设光伏板,来实现产茶、发电的双赢。如果这个模式收益好,就能向更多的茶园推广,实现效益的更大化。

以 300 亩茶园为例,铺设 20 万平方米的光伏板,光伏装机容量约 20 兆瓦,一年至少能发电 1800 万千瓦时,每年能产生光伏经济效益 747 万元。"在节能环保的同时,还能享受到光伏分红,真是太划算了。"

春日风和,浙大茶学系的学子们再一次走进径山,品茶,赏景,也与茶企互动。中国茶界,需要这样一批批新生力量、新鲜面孔。在不久的将来,他们都是推动茶业发展的中流砥柱。

一张张老照片里,记录着浙大的学生们在潘板基地给屋顶盖瓦、和工人一道夯实地基,师生一道挖地、一起迁移茶树的情景。翻看着这些老照片,今天的茶人学子,已与前辈们心灵相通。

习近平总书记曾经说过,乡村振兴,人才是关键。要积极培养本土人才,鼓励更多能人返乡创业。

在径山,既有一批批茶人、大师在担当引领的重任,又有李素红、陈洁瑾、马宽这样一大批茶人书写新的茶故事。放眼未来,还有一批批的茶学生从潘板这样的基地走出,成长为未来的茶学新人……

茶的未来要靠这些年轻人去创造。他们有视野,有才能,想干事,能干事,也能干成事。同时,他们又非常有创造力。因为有他们,径山茶的道路将越走越宽阔,径山茶的天地也将越来越辽阔。

茶香四溢

  径山茶形成了山上、山中、山下三种茶的格局。

  山上之茶——禅定之茶。

  一片1200年前的叶子,从当初法钦师父采以供佛开始,茶香一缕,伴随着声声梵音,一直流传至今。中国的佛教历来有"农禅并重"的特点,"手把青秧插满田,低头便见水中天。六根清净方为道,退步原来是向前",这首出自布袋和尚的诗偈,就是禅宗所说的"寓禅于农,农中悟禅"。径山寺现有数百亩茶园作为寺产,既传承旧时"采以供佛"的方式,也以茶结缘,与世人分享。朝听晨钟,夕闻暮鼓。历经1200年流传下来的禅茶,岂止是一碗茶汤,还有茶汤里浓浓的文化。这是一盏禅定之茶,它也代表了径山禅茶的最高境界,是径山茶文化的载体。

山间之茶——匠心之茶。

如今的一批茶人，继承了径山茶的初心、匠心，坚守着径山茶的品质。如今社会浮躁，各种春茶以早为贵。径山茶并非胜在上市时间早，相反，其常常要在谷雨节气前采摘才佳。径山山高地寒，茶叶芽头瘦长。凌霄峰海拔最高，出茶最晚，径山山腰上的茶园海拔多在四百米以上，开园也并不算早。径山茶人，从来不与春争先，不抢时间，而是守着自己的一份初心，信守一份品质承诺。

径山茶，讲究的是"真色、真香、真味"。许多茶人在追求径山茶的"真"字上下足了功夫，真正把径山茶的色、香、味刻在自己心头。借用一句广告语，"我们只是大自然的搬运工"，径山茶人也是"大自然的搬运工"。一杯径山茶，乃是品质的担当，是时间与匠心的彼此成就。

山下之茶——生活之茶。

到径山，春赏茶田春光满园，夏品唐宋禅茶风韵，秋探柿红枫绯桂花香，冬看皑皑白雪满山林。茶已经成为径山百姓生活的重要组成部分，径山茶也有了更加丰富的内容。径山茶既可以是蜂蜜柚子茶的清新，也可以是抹茶咖啡的时尚，可以是一钵茶香鸡的温暖,也可以是半日茶民宿的悠闲。

径山茶产品线也更加多元,除了一批老茶人坚守在自己的老本行,还有越来越多的年轻人加入发展径山茶的行列,创造出了更加多元的茶产业。他们运用当下最新的技术手段,让径山茶突破地域限制、圈层限制、品类限制,让1200年的径山茶焕发出了年轻有趣的"青春面容",而这将是径山茶更为贴近当下、贴近时代的一面,也是径山茶与时俱进的特点。

生活之茶,是真正把茶的文化与当下的生活结合在一起。1000多年前,茶圣陆羽正是在径山附近的双溪隐居,凿泉,煮茗,并在山下溪畔结庐著书,终于写出了茶学经典著作《茶经》。陆羽一生嗜茶,潜心研究茶事,一生为茶客,半世做茶仙。《新唐书·陆羽传》记载:"上元初,更隐苕溪,自称桑苎翁,阖门著书。"

在陆羽隐居处,舍旁有一泓清泉,陆羽常汲泉烹茶。为了纪念陆羽,弘扬茶文化,2000年,余杭在陆羽泉附近扩建公园,占地面积由7分地扩大到10亩,建造了22间2层楼的仿古典徽派建筑,设置了很多文化景点。其中,有茶经碑廊、陆羽铜像、大茶壶、羽泉亭、鸿渐阁、鸿渐湖、陆羽茶庄、陆羽茶文化陈列馆、苕溪草堂等。漫步其中,处处能闻到一缕茶香。

　　在陆羽文化街区,人们设置了径山茶俗、民俗、非遗、美食等本地特色亲民乡俗内容,将传统茶元素与宋代游乐商业集市完美结合,同时引入沉浸式体验的概念。游客在此可以换上精致的古装,在活动入口处免费领取《茶经宝典》,穿越回宋代繁华集市,观赏宋代的民间杂耍、戏曲表演,参与投壶、射箭、踢毽子、招财进宝等宋代街景游乐活动。当然,最重要的,是可以欣赏宋代的点茶技艺,品一品千年流传的茶香。

　　2024 年的夏天,径山茶文化公园的第一期,揭开面纱。在这里,有一杯"中式下午茶",正在等待大家。

一抹新绿

众所周知，抹茶起源于中国，盛行于唐宋，宋代人吃茶都是将茶碾成茶末，这一吃法流传到包括日本在内的很多国家和地区。国内的抹茶自明朝开始逐渐式微。18世纪，工业化加工让抹茶率先在日本流行起来，逐渐风靡世界。

在中国古代诗人的诗句中，对于抹茶的美好有过无数的记录与呈现，也讲述着古人对抹茶的喜爱。如今，抹茶回来了。这一抹精致的绿色，正在中国的土地上，重新生根发芽。

在余杭，有不少抹茶生产企业，浙茶集团旗下的浙江骆驼九宇有机食品有限公司（以下简称九宇有机、九宇）是高品质抹茶加工规模最大的一家。

走进径山脚下的九宇有机，能够一睹来自宋代的抹茶在今日的模样。

1986年，浙茶集团在位于余杭的原杭州茶叶试验场成立了全国第一家蒸青茶合资企业；2000年，又在千年抹茶故里余杭径山建立了抹茶企业，用现代工艺恢复了抹茶的生产；2018年起，集团在径山脚下，投入近亿元，打造集茶园基地、工业文明、展陈示范、工业体验、现代制造于一体的特种茶中心（茶博园），并引进先进的抹茶生产线，大力复兴宋韵抹茶文化，牵头起草抹茶国家标准，助推抹茶行业发展。

进入21世纪，浙茶集团率先将抹茶迎回故里。"最近十余年，抹茶在国内的受欢迎程度，以我们意想不到的惊人速度增长。以我们公司为例，抹茶B端销售业绩每年都保持成倍增长，而C端消费，预计今后会有多倍式的增长。"浙茶集团九宇有机总经理高静说。

走进九宇的抹茶园，这里的每一行茶树上都有遮阳网悬挂，因为抹茶在开采前，必须通过覆盖遮阴提高茶叶的鲜爽度、降低苦涩味，并增加茶叶中的氨基酸含量。

在这世界上，有些味道是和颜色直接挂钩的，比如抹茶。无论这一抹亮眼的绿色与什么诱人的食物相结合，都能凭视觉就感知到它青涩又回甘的独特风味。

"抹茶的特点是有三大香气,"高静介绍说,"第一种是茶园遮阴覆盖提高鲜叶叶绿素和茶氨酸含量形成的覆盖香,第二种是茶叶通过传统炉窑加工形成的炉腔香,第三种是抹茶使用石臼低温碾磨形成的挽臼香。"

我们跟随高静的脚步参观这里的抹茶生产线。九宇生产的径山抹茶,碾磨细度能达到800—1200目,而普通面粉的细度只有120目。1200目是什么概念?这意味着每平方英寸上,有1200个小孔,孔径约为10微米。这样细的抹茶,即便直接涂抹在皮肤上,都能被毛孔吸收。而抹茶有1000多种对人体有益的成分,这也为由抹茶延伸的日化、生物医药等产品的开发,提供了无限空间。

拥有古老深厚文化背景的一片树叶,经历当下前沿科技的赋能,碰撞出了全新的时尚。抹茶的绿,成为径山茶的颜值担当;而抹茶的工艺,树立了人们对茶的全新认知。浙茶集团九宇有机深耕茶全产业链运营,充分挖掘杭州大径山茶文化底蕴,打造面向终端消费者的新兴茶饮"九宇抹茶"。九宇抹茶定位为中国高端抹茶专业品牌,在国内率先推出1.2克抹茶小条便携包装,引领了抹茶作为单独的一个品类便捷直饮的新风尚。

"这是我们用实际行动助力茶产业高质量发展,打造更具文化底蕴、科技含量、国际影响力的茶叶品牌的举措。"高静说。

近年来,九宇有机通过不断夯实产业链,开发系列优质抹茶产品,逐步构建九宇抹茶品牌力,同时,还着力探索中国高端抹茶的品牌国际化路径,与来自世界各地的客人交流中华抹茶文化的魅力。

2023年3月,第21届世界茶叶博览会(World Tea Expo)在美国拉斯维加斯举行,高静带领国际部团队到美国参展。径山抹茶、径山末茶、径山抹茶牛乳、焙茶牛乳、红茶牛乳以及系列脱咖啡因茶,深受来宾的喜爱,高静团队也与客人进行了多渠道深入接洽。

2023年5月,在SIAL西雅食品展(上海)上,高静也带领团队携九宇抹茶品牌的众多核心产品参展,寻径、探山系列抹茶新品在展位上精彩亮相,获得了全球专业买家驻足与关注。抹茶冰激凌成为展会上的网红产品。

作为浙江省茶产业协会会长,毛立民分享了一组关于抹茶"中国式增长"的数据:"日本花了200年,把抹茶的生产规模从 0 提高到 5000 吨；而从 2010 年到 2020 年，中国只花了 10 年，就完成了抹茶从 0 到 5000 吨的增长。"

一片"金叶子"，借助文化之船，再一次踏上驶向世界大洋的征程。

径山之野，万亩茶园，茶是生生不息的作物。径山本土有许多山人农民，他们长年与茶相依相伴，四季靠茶为生，有着许多动人的故事。在径山本土起家的还有一对父女，两代茶人，在径山茶的多元化、品牌化方面做出了自己的探索。

63 岁的楼情灿，是杭州银泉茶业有限公司创始人、董事长，已做了 30 多年径山茶。长期以来，银泉茶业在省内茶业界有很高的知名度，特别是在蒸青茶方面，银泉可谓"大鳄"。蒸青茶早先主供日本，如今主要出口欧美市场。在径山茶的产销上，银泉茶业也有一大块属于自己的领地，曾三次在径山茶王赛中夺得"金茶王"称号。

楼情灿说，目前企业拥有 5000 亩茶园基地，要提升经济效益，必须改善传统茶产业发展路径。

"我们把茶叶的种植、生产、加工、销售整合成一条完整的产业链，在原先主要制作径山茶的基础上，衍生出碾茶、抹茶、蒸青条茶、片茶等生产线,促进企业发展提质增效。"

从给别人代加工,到 2008 年推出自主红茶品牌,银泉茶业很早就做出了开拓性探索。之后,银泉茶业秉持多元化、现代化、绿色化、高效化理念,不断做实基础、做大规模、做强品牌,在径山茶、蒸青茶、红茶、抹茶等的集成化、集约化生产上不断开拓前行。

如今,银泉茶业的碾茶(抹茶原料)、抹茶、蒸青茶等产品,出口到欧盟、美国、日本、俄罗斯、东南亚等地。

楼情灿表示,无论是在瓶装茶领域,还是在冲泡茶粉领域,茶叶如今都受到越来越多人的欢迎。同时,茶味零食也在世界各地加速扩张销售市场。

银泉茶业如今已是浙江省农业科技型企业、省级示范茶厂、省级农业机械化加工基地、杭州市农业龙头企业。在实打实的规模实力支撑下,公司位于漕桥工业区的现代化新厂区也即将建成。新厂区拥有洁净化生产车间、茶产品研发中心、径山茶文化展示园等功能区块,同时引入自动化、连续化生产线等机械化关键技术,进一步扩大抹茶产能,为品牌打造注入新动力。新项目的建设,将拓宽本地茶产品多元化渠道、延长茶叶生产产业链,进一步扩大"中华抹茶之源"影响力。

一杯通透在人间

现在，从小受茶文化熏陶的女儿楼舒琳开始接班。父亲的茶叶事业逐日壮大，从小作坊型小工厂到标准化规模龙头茶企，但父亲坚守初心，始终以一份匠人精神、茶人情怀和社会责任，踏踏实实走好每一步，父亲的精神深深影响了楼舒琳的选择。她在 2018 年回到家乡，开启了自己的"茶二代"生涯。

从一开始的用脚步丈量茶山，到走进制茶车间的一线实践，再到积极参加各种茶叶相关的培训、讲座，楼舒琳认真钻研，将理论与实践相结合，掌握了丰富的茶叶知识。

除了径山茶、径山红茶、龙井茶、蒸青绿茶和抹茶，楼舒琳也在积极探索新茶饮的领域。她认为，径山文化、抹茶文化、调饮文化等元素完全可以互相碰撞、融合，创新探索出个性鲜明又具有地域特色的抹茶新中式茶饮。径山作为"抹茶之源"，本就有"量茶受汤，调如胶融""以观立作，乳点勃然"的艺术渊源，作为新时代径山茶人，理应为中华抹茶文化的承继、弘扬和复兴尽一份责。

新老接力二十余载，初心不变，品质坚守，弘扬了银泉茶业厚积薄发的品牌荣光。"径山茶产业是推动共同富裕的重要力量，我们银泉茶业作为农业龙头企业，担负着一份光荣的责任与使命。"

"围绕一座径山,讲好茶故事,茶是卖不完的。"

不论是浙茶集团的九宇有机,还是土生土长的银泉茶业,都在抹茶等新茶饮市场开拓出自己的疆域。这些现代企业为径山茶产业打开了新的天地。

激活之路

一枝独秀不是春,满园春色才是春。

径山茶产业一路走到今天,可谓是"满园春色"。

有人说径山茶有今日的发展局面,政府的一项举措功不可没,那就是在 2022 年,余杭成立了余杭区径山茶发展领导小组办公室,茶企们亲切地称它为"径山茶办"。

这是特别有意思的,一个地方的产业,总是与一个地方的风物特产相连,而这个地方的产业发展,也会与这些风物特产相连。政府为了推动地方经济发展,助力产业运营,常常会设立这样的办公室。

据说四川有"花椒办",河南有"山药办",宁夏有"枸杞办"。

而余杭"为茶设办",在许多人看来,这个办公室不一般。

这个不一般,当然有规格的不一般,由区委、区政府一把手出任"双组长",来领导这个办公室;也在于投入不一般,区财政每年安排约 1 亿元专项资金用于发展径山茶。而在明眼人看来,这个不一般,在于格局。

2023 年,余杭实现地区生产总值(GDP)2936.43 亿元,总量位居浙江省第一。从 GDP 构成看,第一产业增加值为41.65 亿元,第二产业增加值为 327.97 亿元,第三产业增加值为 2566.81 亿元。三次产业结构为 1.4∶11.2∶87.4。在这样的数据中,农业的 GDP 已经微乎其微,再到茶产业的占比,更是可以"忽略不计"。

那么,余杭区为什么偏偏如此重视这小小一片茶叶?

杭州市委常委、余杭区委书记刘颖说:"我们要把茶之道变成群众的幸福之道,让茶产业成为余杭的绿色富民产业,将径山茶打造成余杭文化的'金名片'、三农发展的'金叶子'、乡村共富的'金钥匙'。"

这两年,余杭重要的茶事活动,总能看到区委副书记、区长王牮的身影。

在余杭区委、区政府主要领导看来,这片径山茶,事关余杭文化的传承,事关茶农的富裕日子,也事关山村的绿色希望。这样的事，自然值得"小题大做"。

余杭区政协主席、区茶文化研究会会长沈昱像是这个"题目"的领衔"答题人"。在 2022 年下半年的很长一段时间里，他马不停蹄地走访、座谈、调研。越是深入了解，他越感到意义重大。"径山茶的历史文化让人叹为观止，其不仅是宋韵文化代表，更是日本茶道祖庭。"沈昱说，"径山茶有厚重的文化历史，也需要有光明的产业未来。"

"茶办"的设立，全面统筹径山茶发展工作，直接提振了径山茶产业信心，将径山茶一盘棋全面激活，让余杭每一片生长茶叶的土地，都变得更加"值钱"。

不知是巧合还是有意为之，"茶办"的两任主任叶维军和吴建中，都曾担任过余杭区的农业农村局局长，而他们在任上，也都为径山茶发展提出过导向鲜明、助推产业发展的措施。

《径山茶"五化十条"行动计划》是径山茶发展之纲。"五化"即品牌化、数字化、规模化、品质化、融合化，余杭计划通过 5 年时间，从品牌升维、市场拓展、品质升级、科技人才、产业融合、文化挖掘等 10 个方面着手，实现径山茶的全面提升。

　　《农民日报》是关注"三农"的中央级大报。2023 年 5 月 16 日,《农民日报》在显著位置刊发《"三茶"统筹　余杭破局》的深度报道。时隔一年,在 2024 年 5 月 18 日,又以《径山念好新"茶经"》为题,介绍快速崛起的余杭茶产业。

　　《农民日报》记者朱海洋说,杭州被誉为"中国茶都",过去,在西湖龙井光环的笼罩下,当地其他茶品牌略显黯淡。不过近几年,余杭区的径山茶脱颖而出,犹如拂去了尘埃,散发出独特光芒。

　　朱海洋欣喜于投身径山茶产业的年轻人正越来越多。这当然与余杭的"多元化"引培密不可分。根据政策,35 岁以下、本科以上的青年在余杭从事农业有专项津贴,目前,全区已招引青年人才 259 名;另外还有"定人、定课、定补"的培训项目、"土专家"师傅带徒弟、田间学校技能教学,以及为茶企接班人量身定制的"成长计划"等举措。目前,余杭 87 家涉茶企业中,30 至 40 岁青年人挑大梁的占比已超七成,并且聚拢了一批青年农创客。

　　"一抹绿色向五彩!"朱海洋在报道中这样写道:

　　　　作为具有悠久历史的经典产业,径山茶不仅重视传统文化的挖掘，让人感受"一品茶宴，回味千年"的时光穿越，同时重视创新演绎，通过喝茶、饮茶、吃茶、用茶、玩茶、事茶"六茶共舞"，结合现代科技和数智运用，多场景、多手段展现无穷魅力。

加入抹茶粉，冲入沸水，晃动茶筅，打出丰富绵密的泡沫——游径山，学做非遗点茶是经典打卡环节之一。要打出这样一杯色香味俱全的抹茶，熟手茶艺师也得花上五六分钟。今年的径山禅茶品鉴分享会上，杭州径山茶发展有限公司出资研发的抹茶机掀开了盖头，令人眼前一亮，如同咖啡机一样，可以快速"冲"出一杯浓郁抹茶。

"2分钟打出一杯抹茶，还能加奶，做成抹茶拿铁。"杭州径山茶发展有限公司董事长施鸿鑫告诉记者，想法其实早就有了，两年前，公司找到国内领先的咖啡机制造企业，双方一拍即合。"抹茶机的出路，我都想好了。'送抹茶机、卖抹茶胶囊'，公司主售原料，机器则以共享模式免费进入各茶楼、茶庄、酒店，这也是一种文化推广渠道。"

从品牌化、数字化、规模化、品质化、融合化的

"五化"出发,从品牌升维、市场拓展、品质升级、科技人才、产业融合、文化挖掘等十个方面强化,余杭着实打出了一套茶产业振兴的"组合拳"。这些年,径山茶新事不断:桂花红茶、抹茶拿铁、花草茶等创新层出不穷,原先的一抹绿色,正变得五彩缤纷。

5月21日是"国际茶日"。那天,杭州径山茶发展有限公司董事长施鸿鑫的手机里收到一条喜讯:

《2024中国茶叶区域公用品牌价值评估研究报告》发布,径山茶品牌价值达到35.69亿元,比2023年的31.65亿元,高出4.04亿元。在获评的131个中国茶叶区域公用品牌中,径山茶的单位销量品牌收益(每公斤径山茶因为品牌得到的溢价价值)位于前五,达到了894.59元/公斤(2023年为890.77元/公斤),品牌资源力位于前十。

施鸿鑫觉得,这是对他和团队辛苦付出的一种褒奖。
施鸿鑫的同事石士帅在2024年的春茶季没有一个完整的

"双休"。石士帅主要负责径山茶品牌宣传等方面的工作。"这两年,我们做了很多有影响力的品牌宣传推荐活动。"石士帅说。

径山茶走进北京老舍茶馆,走进马连道茶城,走进中国大饭店,一场场"径山茶品饮会"让北京人尝到了"江南春天的味道"。

径山茶亮相故宫博物院、杭州亚运会,则向更多国际友人展示了这张"中国文化名片"的魅力。

中国国际茶文化研究会也对径山茶高看一眼。这些年,他们授予径山"中国径山禅茶文化园""中日韩禅茶文化中心""中华抹茶之源""中华抹茶研究院"四块金字招牌。

径山茶吸引了文化人。

张海龙,诗人、纪录片导演兼撰稿人,这位来自大西北的文化人,一走进径山,就被径山茶的历史与文化深深打动。

"千年等一回,人类非遗茶:西湖龙井与径山茶宴,从此日月同辉湖山对望。"张海龙将西湖龙井与径山茶这"湖山对望"的两只名茶做了一番比喻——"同样是吃茶,西湖龙井吃的是个通透爽利、大道至简的劲儿,一只玻璃茶杯、一碟花生瓜子、一种撮泡手法,也就坐在湖山之间且由他去了。径山茶,吃的则是个花样百出的范儿。哪怕是一只玻璃杯也不肯马虎。饮罢,那杯底还藏着一座暗山,告诉你无论何时都须静听万壑松风。"

一杯是新,一杯是老。

一杯是清新,一杯是悠远。

一杯是透明,一杯是禅意。

因为对径山茶文化的敬意,张海龙特意将径山茶作为他策划和导演的纪录片的重要内容。摄制组特意前往日本,寻访东方茶道的足迹。一行人来到京都东福寺、宇治等地寻找径山茶宴东渡的印记,也拜访当今的日本茶人,听他们讲述对隔海相望的中国径山茶道祖庭的敬意。

另一位浙江作家周华诚,这些年在乡村寻访记录生活之美。2023年中国作家协会主办了"中国一日·走近中华文明"大型文学主题实践活动。因为对径山茶慕名已久,周华诚选择在径山茶的发源地,开展一场生活体验活动。

在盛夏里,周华诚走访"禅茶第一村",学习传统茶文化,探寻传统制茶技艺传承中的故事。

"径山茶文化是良渚文化大走廊上的一颗明珠,径山有着'世界茶道之源、茶圣陆羽著经之地'的美誉,径山万寿禅寺的'径山茶宴'更是闻名遐迩,是茶道源头。"作为中华文明的重要地标,径山深厚的文化底蕴让周华诚深为赞叹。

一杯通透在人间

周华诚先后走访了径山茶炒制技艺非遗传承人、径山茶艺师、"茶二代"及茶空间茶民宿主理人、茶筅制作技艺传承人等。深入了解径山茶制作和发展的艰辛历程，深刻感受几代径山茶人坚持不懈的创业精神，也看到了如今的径山村依托茶产业走乡村振兴之路，开起了茶空间、茶民宿，茶叶经济飞速发展。

"来自海内外的游客来径山采茶、品茶、学习茶文化，径山茶文化作为中华优秀传统文化，在传承的过程中，已经成为推进乡村振兴的支柱产业、推动高质量发展的重要引擎、实现共同富裕的有力保障。"

周华诚在他的文章中，这样赞扬径山茶。他说，每一杯好茶背后，都有一个好故事。他要把径山作为自己的"点"，以径山茶为题材，努力挖掘背后的精神与力量，创作出更有分量的作品。

中国是茶的故乡，也是茶文化的发祥地。

从古代丝绸之路、茶马古道、茶船古道，茶穿越历史、跨越国界，成为传承、弘扬中华文化的重要载体。茶走向世界的同时，茶文化也在全球落地生根。

径山茶宴是径山寺接待贵客上宾时的大堂茶会，是独特的以茶敬客的传统茶宴礼仪习俗，是中国茶俗文化的杰出代表。

秉持"茶和天下"理念,余杭区积极推动径山茶"走出去",打造对外交流文化遗产金名片。乘着径山茶宴成功入选人类非遗的东风,余杭区开展径山茶宴国际化传播行动,径山茶宴陆续赴英国、日本、瑞士展演。

在杭州亚运会期间,径山茶吸引了亚奥理事会大家庭及来自 30 多个国家(地区)的 500 余名国际友人和媒体记者走进径山镇。

2023 年 11 月 1 日,作为第 22 届中国茶圣节的活动之一,径山举办了一场"国际茶叙"活动。来自泰国、巴基斯坦、英国、印尼、越南等国的茶学专家和国内茶叶研究机构知名专家学者相聚一堂,体验人类非遗径山茶宴,并在品味"真色、真香、真味"的径山名茶滋味中,共同感受"茶道尚和"的中国茶文化哲学,交流"茶路万路"的茶文化。

"径山茶的味道非常好,仪式令人印象非常深刻,我很感激中国政府邀请我们参加这次活动,茶对中国人而言非常重要,它在世界各地都很受欢迎,在巴基斯坦也是一样,我们也喜欢喝茶。"巴基斯坦茶叶所所长 Basharat Hussain Shah 说。

"径山茶宴的仪式非常独特,在寺庙里举行这样一个茶道研究人员会议也让我觉得非常独特。"FAO(联合国粮食及农业组织)驻巴基斯坦代表处副代表 Farrukh Toirow 表示:"径山茶宴展现了茶、文化和宗教之间的重要联系,这意味着人们看到的茶不仅仅是一种食品,更是一种'精神产品',它让热爱茶文化的人相聚在一起。"

区"茶办"成立后,工作的压力和动力传到了镇街。

2023 年底,作为余杭第二产茶重镇的中泰街道,有了一个创新之举:中泰街道茶文化研究会(研究中心)宣告成立。这大概是全国第一家街道级的茶文化研究会。

中泰街道自然生态优良,茶产业基础扎实,现有茶园16000 余亩,产值近 2 亿元,带动 4500 户茶农增收致富。中泰受南湖文化、洞霄宫文化的熏陶和哺育,有着深厚的道茶底蕴,发端于南宋时期的道茶文化绵延至今已有近千年历史。中泰正在深挖南湖文化、洞霄宫文化,做深茶文旅融合发展,中泰喊出的口号是"建设未来茶乡"。

为了让目标落地,中泰街道出台了茶产业发展 10 条扶持政策,设立 2000 万元专项扶持资金。"我们要打通'种茶、做茶、卖茶、讲茶、乐茶'全产业链,推进茶产业共富工坊建设。"中泰街道的负责人信心满满地说。

幸福之道

径山茶发展大会,每年一次,开出了茶人的骄傲。

两条裤腿还沾满茶山泥巴的茶人,迈进了余杭区政府大楼明亮的大会议室。将茶产业做得有声有色的茶人,还身披红绸带,站上了一号会议室的领奖台。

"参加这样高规格的会议,我们很开心,感到很荣耀。做茶是为了我们自己的幸福生活,一定好好做茶!"

这是茶人的肺腑之言。

"我们要把茶之道变成群众的幸福之道,让茶产业成为余杭的绿色富民产业,将径山茶打造成余杭文化的'金名片'、三农发展的'金叶子'、乡村共富的'金钥匙'。"杭州市委常委、余杭区委书记刘颖说。

言犹在耳。

"真色、真香、真味",一直是径山茶的品质追求。"茶之道,幸福之道",则是当下径山茶人的生活追求。

千年宋韵在茶道,茶道之韵在径山。

如今的径山茶"老树发新芽",还念起了茶文旅融合的新"茶经",成为经济社会发展的一张"金名片"。人们把吃茶文章做到极致,径山村成了"全国乡村特色产业产值超亿元村"。

茶企变庄园,茶园成公园。径山镇将生态茶园、千亩花海、红色文化、人文景区等重要核心景观串联一起,让"产业发展"与"旅游"抱团,打响绿色发展的品牌。

跟随村书记俞荣华的脚步,漫步在禅茶新村,粉墙黛瓦、小桥流水,茶与禅的细节颇为动人。这个村落,居住的是从径山寺周边整体搬迁下山的五十多户村民,现在这里是"中国禅茶第一村"。

禅境寻踪、止步接缘、苏子遗墨、船桥夜遇、围炉煮茶、蔡公斗茶……禅村十景,给整个村庄营造了空灵宁静的禅意氛围。

俞荣华书记还介绍,村里举办了吃茶节,打响"径山吃茶去"的品牌。游客来了,除了能吃茶,还能参与采茶、制茶等茶事活动,体验宋代点茶,学习径山茶道,感受径山茶文化的魅力。

"心无尘",也是径山脚下一处吃茶的地方,是村支书俞荣华的家。俞荣华书记二三十年间学茶、炒茶、做茶,不仅拿到了径山茶炒制技艺的第一本高级技师证,如今更是带领全村做好一篇茶文章,走一条乡村振兴的"茶之路"。

径山茶有几个发展阶段。俞荣华 19 岁那年,高中毕业,村里恢复径山茶,需要招几个年轻人跟着师傅学炒茶,他也报了名。四个人报名,三个年轻人被炒茶师傅领走了,留下一个俞荣华无人认领,站在那里搓着衣角,尴尬极了。最后杨师傅说,那荣华你就跟我吧。就冲着这句话,俞荣华心想,我一定要争口气。

学炒茶,手掌要焖进茶青里,铁锅温度又高,荣华一开始掌握不好力道与技巧,一只手掌烫出了五六个水泡。一个炒茶季下来,荣华手上都是老茧。也是从那时学炒茶开始,他这一辈子再也没有离开过茶。

1978 年,春茶采摘结束,浙江省农业厅茶叶科召集重点采茶县相关负责人座谈,提出发掘历史名茶的倡议。经过

1980年、1981年的不断试制,到1982年最终定型为独特的烘青式径山茶。三年之中,径山茶连续评比夺冠,成为浙江省名茶中的名茶,获得了省农业厅颁发的浙江省名茶证书。径山人也在大队书记章兴木的带领下,开垦了凌霄峰的70亩山地,全部种上了优质的鸠坑种茶树。

40年后,径山村已经成了"全国乡村特色产业产值超亿元村"。一到节假日,村里的游客就络绎不绝。

"从卖茶叶到弘扬茶文化,从发展茶产业到文旅融合发展,径山村建成集民宿、文化体验、茶产业深加工为一体的3A级全域景区村庄。2022年,我们村游客量超过220万人次,村集体经营性收入达到230多万元,村民人均年收入达到5.2万元。"

径山村的巨变,只是余杭区茶产业发展的一个小小缩影。

更多的美好,正在这片产茶的土地上发生。

杭州湖畔居茶楼,是中国茶馆行业的领头企业,也是杭州重要的文化地标。在湖畔居的新版茶单上,径山茶赫然在目。

径山茶入驻湖畔居,是一桩"门当户对"的"姻缘"。

说起杭州的茶馆,可谓是遍地开花,而且大多开设在风光秀丽、景色绝佳之处。然而要说最有声名的,恐怕还是湖畔居。湖畔居老店就在西湖边,大约三分之二的建筑都架空在水面上,人在室内靠窗座位向外眺望,水光潋滟晴方好,山色空蒙雨亦奇,一面湖光山色尽收眼底。

湖畔居的位置是真好,孤山、平湖秋月、湖心岛、雷峰塔,一览无余。晴天视野开阔,雨天湖色空蒙,碰到冬天下雪,湖畔居临湖喝茶的好位置是一座难求。毕竟,"晴湖不如雨湖,雨湖不如月湖,月湖不如雪湖",杭州人都是懂得西湖妙处的。

现在湖畔居与径山茶携起手来,可谓开拓出了西湖之外的另一天地。

2023年秋天,余杭文旅集团和杭州湖畔居茶楼携手,打造了湖畔居未来科技城店,这是一座高居云端的茶楼,位于余杭第一高楼奥克斯大厦顶层,59楼。

想象一下,客人端起一盏茶,望向窗外,正是280米高空的壮阔景象——晚霞伸手可及,云雾近在咫尺。城市的高空,居然可以通过一盏茶,与1000年前的唐风宋韵无缝衔接。一盏茶里,是法钦禅师手植茶树的背影,是径山寺晨钟暮鼓的静气,也是连接人与人的桥梁。

"让我们在云端相遇。"

杭州湖畔居茶楼有深厚的茶馆经营经验，余杭文旅集团有丰富的景区和酒店开发建设运营经验。两大国企强强联合，借势借力，共同打造集会客、座谈、茶餐于一体的余杭标志性茶楼，面积 3500 平方米，共有 13 个包厢。

径山茶，一片小小的茶叶，其实还可以连接更多的圈层，也有更多的可能。一片小小的茶叶是古老的，也是现代的，是沉淀历史的，也是面向未来的，是径山的，也是世界的。

走过千年的径山茶正飘香世界。浙江省委宣传部原常务副部长胡坚说，从唐宋起，径山茶事就有世界影响，走进新时代，径山茶也有了国际表达。

2022 年 12 月 15 日晚，纽约时代广场的巨幅电子屏上，径山茶精彩亮相。十位活跃在世界各地的华侨华人，被聘任为径山茶文化全球宣传大使。法国人路明是径山茶的"铁杆粉丝"，他在余杭区茶文化研究会的支持下筹办了一档《老路说径山茶》的短视频节目。他说，要让更多像他这样的"老外"，爱上径山茶，爱上中国茶文化。

径山茶与日本、韩国的联系就更多一些。日本的一些禅宗寺院，如东福寺、圆觉寺、建仁寺、建长寺等，仍然保留着一种在开山祖师忌日点茶供奉的仪式，名为"四头茶礼"。在日本京都大德寺以及美国波士顿美术馆等收藏的《五百罗汉图》中,形象展示了南宋时期禅院僧堂生活、法事仪式及点茶吃茶情景。每年春天,都有不少日本游客组团来余杭径山,寻访茶道之源。

"山巅一寺一壶茶;湖畔一叶一世界。"湖畔居茶楼里有一座径山亭,亭子上有一副对联,是径山寺戒兴师父写的。当我们在云端,在城市的高空,看着这样一副对联饮一杯径山茶时,我们会想起什么?

走在美丽的径山村,我所感受到的,正是径山茶的生活美学——

章红艳在五峰山房为客人泡一碗茶,妈妈迎客送客,端出鲜果盘,窗外古径云深,依稀还有钟声传来;

陈金信师傅在他的工坊里制作茶筅,手中的那只茶筅接近完工,陈师傅逆着光线检查工艺,每一根竹丝都恰到好处地呈现出柔和的质感;

新茶人周颖在她的民宿,打开直播软件,向网友讲述径山茶文化的故事;

村支书俞荣华则掰着指头,向游客一一介绍禅村十景的含义,以及整个径山村的发展思路……

一杯径山茶,浓缩的是"绿水青山就是金山银山"的发展成果,品出的是百姓富、生态美的"好味道"。

一叶径山茶,承载着悠远的中华文明。从陆羽在此著经、法钦禅师于此植茶开始,到宋代径山茶宴的发展,再到今日宋韵的流播、茶业的振兴,径山茶,这一片茶叶所承载的文化,这缥缈的一缕茶香,就像河流一样流淌下来,持久地滋养着这一片土地。

接下来,径山还将以茶文化为引领,打造良渚文化大走廊,把径山茶的能量赋予径山,赋予余杭。

这是一条茶之路,是乡村振兴之路,也是老百姓的幸福之路。

第三章 通透·人间

一座径山，既是千年茶道之源，又是禅宗之源。禅与茶的结合，从国一禅师法钦在径山凌霄峰开山结庐始，促成了禅风与茶风的相互激荡，使径山成为禅茶文化的重要发源地和传播地。

茶与禅的结合，在于它们有着深层次的共通之处。两者同样都是追求个体精神境界的提升。

径山茶的禅意美学，也应滋养人们的日常生活。径山茶所追求的生活美学，应当包括这些：自然与纯净的生活态度，宁静与平和的生活心境，深厚与美好的情感，与自然和谐共生的理念。

放眼中国的茶，径山茶应当担起这一份禅意生活美学的引领者之责，发展出茶与人心灵共振的美学，追求极致单纯却无垠的美好，与天地万物产生共鸣。

禅：山巅一寺一壶茶

一杯径山茶，到底有多少禅意？

1200多年前法钦禅师手植的茶树，生机勃勃，传至如今。天下禅茶出径山，径山茶的底气来自1200多年前的径山寺。而径山寺的一杯茶，来自禅宗与茶道之间深厚的历史底蕴。

在佛门中，一直流传着这样一则故事：传说当年达摩祖师在少室山面壁时，由于过度疲惫，昏昏欲睡——不争气的眼皮总是打架。达摩祖师一怒之下，索性将自己的眼皮割了下来，重重地扔在地上，谁知他的眼皮落地后立刻长成了一棵树。

再后来，达摩祖师得悟出关，这棵小树被保留了下来，他的弟子开始采摘这棵树的树叶用来煎饮。没有想到，煎饮之水竟然可以起到让人精神集中、提神止睡的作用。这棵树，就是茶树，叶子自然就是茶叶。

这当然只是一个传说，但这个传说的背后，隐藏着茶道与禅宗之间的紧密关系。

佛教不是在中国本土产生的宗教，它从印度发源。当年，佛教刚刚传入中国的时候，寺院里还没有出现饮茶之风，直到禅宗出现，僧人们需要长时间坐禅，饮茶之风才开始在寺院中盛行，这为茶道的兴起和发展创造了条件。

《晋书·艺术传》记载："敦煌人单道开，不畏寒暑，常服小石子，所服药有松、桂、蜜之气，所饮茶苏而已。"单道开是东晋人，历史上，他曾在昭德寺坐禅修行，常服用有松、桂、蜜之气味的药丸，喝一种将茶、姜、桂、橘、枣等合煮的名曰"茶苏"的饮品。茶，能"止渴，令人少眠"，因此，饮茶也就成了僧人们打坐修禅时必不可少的一道程序。

茶因佛而兴，佛因茶而盛，饮茶之风也由寺院向民间推广。佛教，特别是禅宗，在南朝齐、梁时期开始在中国形成，到唐代达到鼎盛。

禅宗的根本宗旨，在于修持"戒、定、慧"三学，禅宗宣扬清心寡欲，抛弃尘俗的嚣扰烦恼，静修默持，达到无我无他的境地，就能脱离生死轮回的苦海，到达涅槃的彼岸。禅宗注重"觉"和"行"，主张以"觉"治"迷"，因"解"起"行"。其具体修持方法，主要是"外止诸缘，内心无喘；心如墙壁，可以入道"。所以禅宗初祖菩提达摩强调"止息缘虑，心思路绝，一切处无心，无心故能安心；心安理得，舍伪归真，便与中道实相冥合"。达摩令弟子"凝住壁观，无自无他，凡圣等一，忘言绝虑"。这便是禅宗的第一义谛和最高境界。要做到这些，必须在修持中实践。达摩自己在嵩山少林寺静坐默思，面壁九年，以致身影都深入岩壁，时人称其为"壁观婆罗门"。

伴随着禅宗的发展，饮茶的习惯开始在社会上得到普及。

唐代封演所著《封氏闻见记》中就有这样的文字："南人好饮茶，北人初不多饮。开元中，泰山灵岩寺有降魔师，大兴禅教。学禅，务于不寐又不夕食，皆许其饮茶，人自怀挟，到处煮饮。从此转相仿效，遂成风俗，自邹、齐、沧、棣渐至京邑城市，多开店铺，煎茶卖之，不问道欲，投钱取饮。"

唐代佛教发达，僧人行遍天下，有利于传播茶的文化。正如《封氏闻见记》所描述的，自从寺院茶道兴起之后，饮茶便成为一种风尚，开始从南方传到北方。

一杯通透在人间

佛教僧徒长时间坐禅修定，正襟危坐，凝神止息，专心思维，会昏沉疲倦，甚至可能出现幻觉妄想。同时，僧侣一般持斋，素餐二顿，过午不食，体力也不堪承受。茶能消除昏沉疲劳，解除瞌睡，补充体液，自然成了最适合僧侣们的饮料。

唐代禅侣盛行茶饮，是继承魏晋南北朝名士清谈饮茶的风气，结合坐禅这一特殊形式发展形成的。凡寺院都设有茶寮或茶室，自京师以至各地市镇乡皆开店卖茶，供游方僧人饮用。

禅侣往来相酬，参禅问学，多是清茶一杯，饮茶成了禅寺的制度。寺中设有茶堂，有"茶头"专管茶水，法堂中又设"茶鼓"，按时击鼓，召集僧人饮茶。禅寺中一般用上等茶供佛，中等茶待客，下等茶自饮。

唐德宗时，禅宗六祖慧能再传弟子怀海禅师在洪州百丈山开创了农禅合一的规制。在"一日不作，一日不食"的农禅劳作思想指导下，寺院往往因地制宜，种植茶树。禅师们也亲自参加种茶、摘茶、制茶、煎茶、饮茶的活动，并且即兴发挥，机锋相酬，引导学人在茶事活动中，领会禅宗的"顿悟"真谛。因此，唐代寺院寺寺种茶，无僧不思茶，许多名茶都出于名山大寺的茶园，甚至有"自古名茶出名寺"的谚语。

　　南宋时期,径山寺是全国佛教的中心,吸引了众多的文人雅士前来参禅悟道。这些文人雅士不仅带来了茶叶和茶具,还带来了他们对茶文化的热爱和独特的见解。他们将茶与禅相结合,以茶为媒介,探讨人生的意义和价值。在参禅悟道的过程中,他们不仅品味了径山寺的禅茶,还与寺院的住持和其他僧人一起探讨了茶道和禅宗的精髓。

　　在径山行旅,经常看到路边有"吃茶去"三个字。

　　这三个字来自中国禅宗史上最著名的公案。

　　赵州和尚,法名从谂,大唐著名禅僧,俗姓郝,曹州郝乡(今山东曹县一带)人。他幼年出家,得道后,大部分时间住在河北赵州观音院,弘扬禅法,人称"赵州古佛""赵州和尚"。这位禅师的言行超常,声称"佛是烦恼,烦恼是佛"。其禅语法言传遍天下,时称"赵州门风"。从谂嗜茶,是著名茶僧。

　　在禅宗重要的典籍《五灯会元》中,记载了一个有关赵州和尚的故事:

　　一天,有位僧人来到赵州和尚处。

　　赵州和尚问他:"你以前曾到过这里吗?"

　　僧人回答说:"曾经到过。"

赵州和尚说:"吃茶去。"

不久,又来了另一个僧人。

赵州和尚问:"曾经到过这里吗?"

僧人如实回答:"以前不曾到过。"

赵州和尚对他说:"吃茶去。"

事后,赵州禅院院主不解其意,问赵州和尚:"为什么到过也说吃茶去,不曾到过也说吃茶去?"

当时赵州和尚突然高声叫道:"院主!"

院主大吃一惊,不知不觉应了一声。

赵州和尚马上就说:"吃茶去。"

赵州和尚所答非所问,并连说三个"吃茶去",这不能仅仅看作"口头禅"、一种无深意的语言习惯,这是一种暗藏机锋的非逻辑性语言。

中国佛教协会前会长赵朴初先生诗云:"七碗受至味,一壶得真趣;空持百千偈,不如吃茶去。"

书法家启功先生有题诗云:"今古形殊义不差,古称茶苦近称茶。赵州法语吃茶去,三字千金百世夸。"

从谂禅师"吃茶去"的出现,有深刻的佛教茶文化的历史背景。百丈禅师有"吃茶、珍重、歇"三诀。唐代诗僧皎然饮茶诗有"三饮便得道"之语。不少茶僧和文人的茶诗对寺院茶风做了生动的描写。可以说,在从谂生活的时代,佛教茶文化已是"法相"初具,饮茶成为和尚家风,几乎是无僧不饮茶,僧无日不饮茶,其须臾不可或缺的程度,更胜俗世茶人一筹。

遇茶吃茶,遇饭吃饭,平常自然,这是参禅的第一步。饮茶与悟道有着可了悟而不可言传的意味,所谓"佛法但平常,莫作奇思想",若想悟道,当不假外力,不落理路,全凭自家,忽地福至心灵,便打通一片新天地。

赵州和尚一句"吃茶去",充满禅机。作为开启智慧的偈语,目的就是要用一种非理性、非逻辑的手段,斩断枝蔓,直抵要害,使人顿悟,以达物我两忘的终极境界。这便是禅意,也是一种心灵的自由、自然之境。

《五灯会元》之中,记载了很多讲述茶与禅之缘合的公案,它们其实也可以看作禅师们品味禅茶的典故。

例如,有一位年轻的儒生陆希声,曾经去拜见仰山慧寂禅师,向他请教禅法。于是见面时,便问禅师是否还持戒、坐禅。

仰山慧寂禅师回答说:"滔滔不持戒,兀兀不坐禅。酽茶三两碗,意在镢头边。"

又如《五灯会元》卷九中，记载了资福如宝禅师的禅茶之家风——

"问，如何是和尚家风？师曰：饭后三碗茶。"

"饭后三碗茶"被称为和尚家风。其实，僧人所饮又何止"三碗茶"呢？

《景德传灯录》卷二六中记载："晨朝起来洗手面，盥漱了吃茶，吃茶了佛前礼拜……归下处打睡了，起来洗手面，盥漱起来洗手面，盥漱了吃茶，吃茶了东事西事……上堂吃饭了盥漱，盥漱了吃茶，吃茶了东事西事。"

自从谂禅师开启以茶入悟的法门之后，丛林中开始沿用赵州的方法来消念头、除妄想。

《五灯会元》中，相关记载还有很多。如，僧人问雪峰义存禅师："古人道，路逢达道人，不将语默对，未审将什么对？"义存答："吃茶去。"

再如，僧人问保福从展禅师："古人道，非不非，是不是，意思是什么？"从展禅师拈起茶盏。

《五灯会元》中，还有青原惟信禅师的一则语录：

"老僧三十年前未参禅时，见山是山，见水是水。及至后来，亲见知识，有个入处，见山不是山，见水不是水。而今得个休歇处，依前见山只是山，见水只是水。"

百丈道恒禅师有三诀："吃茶、珍重、歇。"

《五灯会元》的"五灯"指的是五部禅宗灯录，它们分别是：北宋法眼宗道原的《景德传灯录》，北宋临济宗李遵勖的《天圣广灯录》，北宋云门宗惟白的《建中靖国续灯录》，南宋临济宗悟明的《联灯会要》，南宋云门宗正受的《嘉泰普灯录》。这些书，在近 200 年的时间内分别成书。

《五灯会元》里的茶僧们，透过一段段生动的小故事，告诉世人很多道理。今天的人，也可以通过这些小故事，感受到茶中之禅，禅中之趣，也可以体悟无尽的禅茶之境。

茶与禅的结合，在于茶与禅有着深层次的共通之处。两者同样都是追求个体精神境界的提升。因此，在禅门的典籍里，记载禅茶关系的文字自然也是随处可见。

喜爱品茶的人，在饮茶时十分注重平心静气的氛围，往往认为只有这样才能充分品味茶之滋味。其实，禅悟又何尝不是如此呢？

只有清净自己的内心之后，才能观得一颗本心。

茶道与禅悟，均注重主体的感觉。今天的人，在品茶之时，融进禅宗"清静"的思想，也使得茶清苦的滋味里，融入了丰富的思想意蕴。

寻访径山,可知径山有三"喝"——"喝石""喝石岭"和"喝岭"。这三处地名皆因一块"喝石"而起。

喝石位于径山寺东北的天水坑孤岩上,此处有并立的三块巨岩,与四周无一牵连,形似一个"川"字,故又名"川字石"。此岩石上刻有"喝石"两个大字,下署"西吴韩昌箕书"六字。

这块石头为什么被称为"喝石"呢?

韩昌箕,明代浙江乌程(在今浙江湖州)人,字仲弓。他曾经考订了南朝各代王谢两个大家族人物,为之立传,于明天启二年成书《王谢世家》。

传说有一天,径山寺开山祖师法钦禅师静坐岩石之旁。巾子山人来拜访,声称自己力大无比,欲往长安救佛法之难,求法钦度化。

法钦想试试他说的是不是真的,便指着座旁之石,对巾子山人说:"这里有块怪石,你能喝一声让它倒吗?"

巾子山人大声一喝,巨石应声倒下。

法钦又让他喝一声,使石复合,巾子山人又大声一喝,石头又立了起来,但裂为三块。从此这块传奇的石头有了个另类的名字——"喝石"。

而法钦禅师觉得此石颇有内涵，经常在此悟道论禅。他后来一些对禅修的独到见解，也来源于在此修行时的思考。

听了故事，大家也知道，"喝石"的"喝"，非"喝茶"之"喝"，而是"大喝一声"之"喝"，是"棒喝"之"喝"。

要知道，临济宗的祖师临济义玄禅师常常以自己独特的禅教方式——"大声喝斥"，来警醒世人直面心中妄念。其弟子模仿沿袭，遂成临济宗一大特色，所以我们可以说，"喝石"之"喝"，是临济之"喝"。

禅宗在讲授义理、启发真知、接引僧俗等方面有一系列独特的做法，尤其是临济宗，其教学与禅修方法五花八门。与茶有关的，前文中提到的"赵州茶"便最为世人津津乐道。一句"吃茶去"，成为禅门千百年来参不破的公案。

径山祖师法钦，师从牛头宗玄素，至第十三代大慧宗杲住持径山，得《临济正宗记》，径山才开始传播临济宗的思想。

大慧宗杲首创"看话禅"，说法"纵横踔厉，易于接引"，上山求法者络绎不绝，由此临济宗名传四方。

及至第三十代蒙庵元聪住持径山，信众云集径山，日本等国佛徒也纷纷来径山求法，径山遂成为弘扬临济宗的祖庭。

久而久之，"喝"字在径山扎下了根，临济宗也在径山留下了深深的印记。

"喝石"的这个"喝"字，道出了径山文化之本质和径山成为日本临济祖庭所在的因缘。

径山作为世界茶道之源，其独特的饮茶礼仪和禅宗精神，也在日本得以流传。在日本茶道界，流传着这样一则公案：

一日，被后世尊为日本茶道开山师祖的村田珠光，在京都大德寺用自己喜爱的茶碗点好茶，捧起来正准备喝的时候，他的老师一休宗纯（即动画片《聪明的一休》中一休的原型）突然举起铁如意大喝一声，将村田珠光手里的茶碗打得粉碎。顿时，茶汤泼洒一地，清香四溢。

面对这突如其来的"棒喝"，村田珠光不动声色，泰然自若地说出一句"柳绿桃红"。

一休宗纯对村田珠光这种深邃高远、超然物外的茶境给予高度赞赏。后来，他把自己珍藏的大宋高僧圆悟克勤颁给弟子、日僧虎丘绍隆的"印可状"（类似毕业证书）墨迹，传给村田珠光，作为对其参禅了悟的认可和茶道传承的信物。

从此以后，村田珠光将这幅体现"禅茶一味"意境的法宝悬挂在茶室的壁龛上，终日仰怀禅意，专心点茶，终于悟出"佛法存于茶汤"的道理,创立了日本茶道的最初形式"草庵茶"。他做了室町时代第八代将军足利义政的茶道老师,改革当时流行的书院茶会、云脚茶会、淋汗茶会、斗茶会等,创立了日本茶道。

当今天的人们面对喝石之时,不由会浮想联翩。一个"喝"字,促人醒悟,教人清醒。喝断妄念与浮躁,保持内心的平静,也是现代人的上好精神良药。

宋代释原肇留下一首《喝石岩》,诗曰:

皓首来迎宴坐师,山灵易地应俱眠。

要知弘法回天力,但看精诚裂石时。

一径藓苔春寂寞,断崖文字雨淋漓。

徘徊想像登云处,风撼松杉万壑悲。

今天再到径山寺,不时可以碰到寺僧在茶园出坡。

出坡,也称为普请。唐代百丈怀海禅师倡导"一日不作,一日不食"的农禅生活,规定寺院僧众,无论职位高低,都要参加集体生产劳动,以求生活的自给,凡耕作、收获、打柴、采茶都实行普请。当年怀海禅师以身作则,带领僧众参加劳动。执事僧见他年老,心中不忍,暗中藏了他的农具,请他歇息。怀海一时找不到他的农具,竟然不肯吃饭。这就是"一日不作,一日不食"的由来。自怀海之后,农禅之风盛行禅林。

"穿衣吃饭、日常劳动,都是佛法。实行农禅,可使得心境融为一体,佛法、世法打成一片。"这样的农禅制度,也在径山寺得到传承。现在径山寺拥有一片茶园作为寺产,寺僧守护茶园,实践农禅制度,寺院也将出产的茶叶分享世人,与众人结缘。

一座径山,既是千年茶道之源,又是禅宗之源。

禅与茶的结合,从国一禅师法钦在径山凌霄峰开山结庐始,促成了禅风与茶风的相互激荡,使径山成为禅茶文化的重要发源地和传播地。

20世纪80年代,日本临济宗高僧一行,赴中国余杭区游学,专程来到径山寺参拜祖庭,上演一幕颇具禅茶意味的日本茶道表演,以表达认祖归宗之情。

宴：唐宋风雅传千年

在唐代，人们吃茶还像喝粥一样，到了宋代，开始点茶，即把茶末调在黑釉色的碗里，以竹筅不断回环击拂，击打出洁白细腻的泡沫。泡沫凝于水面，久久不散。

"碾破香无限，飞起绿尘埃……两腋清风起，我欲上蓬莱。"这是宋人葛长庚所写《水调歌头·咏茶》中的句子。

范仲淹有一首《和章岷从事斗茶歌》，可以看作宋代前期斗茶的记录，诗云："黄金碾畔绿尘飞，紫玉瓯心雪涛起。斗余味兮轻醍醐，斗余香兮薄兰芷。"

陆游在淳熙十三年（1186）所作的《临安春雨初霁》中说，"矮纸斜行闲作草，晴窗细乳戏分茶"，这里的斗茶、分茶，就是那时候人吃茶的方式。

一杯通透在人间

"茶少汤多,则云脚散;汤少茶多,则粥面聚。"这是点茶的技艺,说的是茶与汤的比例。"先注汤调令极匀,又添注入环回击拂。汤上盏可四分则止,视其面色鲜白,著盏无水痕为绝佳。"这是说的点茶的好坏。那时点茶、斗茶,久不见水痕则优,水痕先现者为负。

在宋代,不少皇帝修建禅寺,在朝廷钦赐袈裟、锡杖时的庆典或祈祷会上,往往会举行盛大的茶宴,以款待宾客,参加茶宴者均为寺院高僧及当地的社会名流。

杭州佛事繁盛,湖山之间曾有禅寺三百六十多座,寺院中煮茶、饮茶更成为僧人的生活方式。径山寺里,僧人们也整日离不开茶。饮茶成了径山寺的制度之一,也是僧众必不可少的生活内容,逐渐形成了一整套肃穆庄重的饮茶礼仪。

唐代的百丈怀海禅师,为了规范丛林的日常生活修行,保证僧人们正常的禅修,使禅宗丛林能够在社会中获得生存和发展的机会,亲自编制了《百丈清规》。

在这本记述禅门修行制度的书中,百丈怀海禅师对禅门饮茶的制度做了详细的规定,从而在制度上使饮茶成为寺院日常生活修行必不可少的一部分。

如在《百丈清规·法器章》以及"赴茶""旦望巡堂茶""方丈点行堂茶"等条文中,他就明文规定了丛林禅茶制度及其做法次第。

在《请新住持》文中记有"鸣僧堂钟集众,三门下钉挂帐设,向里设位,讲茶汤礼","揖坐烧香,揖香归位,相伴吃茶"。

另外还规定法堂设两鼓:东北角摆放的称"法鼓",西北角摆放的称"茶鼓"。讲座说法时需要擂法鼓,集众僧人前来饮茶时就要敲茶鼓。

同时,《百丈清规》还要求,在修行的过程中,当僧人们坐禅时间满一炷香之后,寺院监值都要供僧众饮茶,称"打茶",多至"行茶四五匝"。

茶院中除了专门设立茶堂供寺僧参禅饮茶或招待施主,还设有茶头执事一职,负责烧水煮茶;另外还有施茶僧,负责为人们奉送茶水,消疲解渴。

寺院中种植的茶树,有专门的称谓,叫作寺院茶;上供诸佛菩萨及历代祖师之茶,称奠茶;寺院中每年的挂单,依戒腊年限的长短先后奉茶,称戒腊茶;住持或施主请全寺僧众饮茶,称为普茶。

随着历史的变迁,这些规定不断改进和修订,到了宋代,

《百丈清规》中关于饮茶的规定基本完善。从此以后,禅茶一味便成了禅门的传统和风气,在禅宗丛林乃至所有佛教寺院中也逐渐形成了一整套庄重的茶礼。

可以说,正是有了百丈怀海禅师创制的《百丈清规》,才在制度上保证了禅门之中禅茶一味的传统能够发扬光大。

径山寺的径山茶宴,因兼具山林野趣和禅林高韵而闻名于世,举办茶宴时众佛门弟子围坐茶堂,依茶宴之顺序和佛门教仪,依次点茶、献茶、闻香、观色、尝味、叙谊。

随着时间的推移,经过这些文人雅士和寺院住持一起研究和实践,逐渐形成了独特的径山茶宴。

径山茶宴又称径山茶礼、径山茶会。径山茶宴追求禅茶一味,不仅是一种品茗的方式,更是一种修身养性的方式。在茶宴中,人们通过品茗、诵经、参禅等活动,达到净化心灵、陶冶情操的目的。同时,茶宴也成了文人雅士和僧人之间交流思想、分享文化的重要平台。

径山茶宴的程序十分严谨,每个环节都有固定的仪式和规矩。

作为径山寺接待贵宾时的大堂茶会,从张茶榜、击茶鼓、恭请入堂、上香礼佛、煎汤点茶、行盏分茶、说偈吃茶到谢茶退堂,有十多道仪式程序,融合了禅院清规、儒家礼法和点茶新技法而自成一体、独具一格。在品茗的同时,还有一些诵经、参禅等活动,以加深对禅宗佛法的理解和体验。在整个过程中,人们注重心境与茶境的融合,追求内心的宁静与感悟。

径山茶宴的文化内涵也十分丰富。它融合了佛教文化和茶文化,人们通过品茗交流,探讨佛法、诗词、书画等文化艺术。径山茶宴历经千年变迁,留下许多名篇华章、逸事佳话,造就了融名山名寺、禅学茶艺、诗文书画于一体的径山禅茶文化。

作为中国禅门清规和茶会礼仪结合的典范,径山茶宴是我国禅茶文化的经典样式。

两宋之时,径山寺高僧辈出,禅风大盛,吸引不少日本僧人慕名入宋参访。

据史载,北宋随海舶商船入宋、名留史册的日僧有 20 多人。其中僧人成寻在宋神宗熙宁年间(1068—1077)入宋,两度来杭,遍访名刹大寺,吃茶参禅,又获州府廊檐下点茶招待礼遇,到市井坊巷处处吃茶,堪称一次体验大宋茶风茶礼的禅茶之旅。

南宋时期，都城临安是人口百万、商贸繁盛的大都会。以径山寺为代表的江南禅院，迎来遣唐使入朝参拜之后第二波中日文化交流的高峰。其中有据可查的入宋求法的日本僧人有 100 多人。不少日僧学成回国后弘化一方，开宗立派。

1235 年，一个春茶飘香的日子，日本高僧圆尔辨圆怀着虔诚之心入宋求法，在径山寺学习佛法。他在径山全身心学习中国禅法，还不遗余力地学习禅院生活。回日本时，他带走了宋书千卷，也把径山的禅法和茶礼带了回去。

回到日本，圆尔辨圆先后创立了崇福寺、承天寺、东福寺三座大刹，还将径山茶的种子种在了他的老家静冈县安倍郡足久保村。他用在中国学到的宋代点茶技艺，制作生产出了日本抹茶，日本人称其为"本山茶"。而在静冈，中国径山的名字被反复传颂，从未断绝。如今静冈县每年新茶上市时，日本茶人除了要祭拜圆尔辨圆禅师，还会千里迢迢来杭州拜访径山寺。

圆尔辨圆还带回《禅苑清规》一部，并以此为蓝本制订了《东福寺清规》，其中仿照径山茶宴的茶礼，将饮茶规范化、制度化，成为一套肃穆庄重的饮茶礼仪。

　　南浦绍明则把中国茶典、茶道移植到日本。他入宋后，在径山寺师从虚堂智愚，不仅勤修禅理，而且学习种茶、制茶技术及僧堂茶事仪规，归国时将一套茶台子、茶道具和多部茶典带回日本。他晚年移居京都传播茶礼，传衣钵于弟子、大德寺开山宗峰妙超。

　　与此同时，还有诸多中国高僧大德负笈东渡，到日本弘法，如宋元鼎革之际的兰溪道隆、无学祖元等。他们在日本禅院僧堂生活时，张挂名家画作和祖师墨迹，摆设宋瓷花瓶，用天目碗点茶，等等，这些行为，进一步传播了中国的茶文化。

　　南宋禅院的茶礼，在整个镰仓时代不断地传入日本，扎根于日本禅院中，再没有发生大的变化。后来，村田珠光（1423—1502）结合大德寺茶礼开创草庵茶道，成为日本茶道开山之祖。武野绍鸥（1502—1555）师从村田珠光之徒，将和歌理论融汇入茶道，使茶道更有本民族特色。武野绍鸥的弟子千利休（1522—1591）提出"茶禅一味"，倡导"和、敬、清、寂"，成为日本茶道集大成者。

　　可以说，径山万寿禅寺的茶礼，就是日本茶道的源头。

　　径山茶宴作为中国禅茶文化的代表，其独特的饮茶礼仪和禅宗精神,不仅影响了日本茶道的形成和发展,也丰富了中日两国人民的饮茶文化。通过径山茶宴的传播,中日两国人民的饮茶文化得到了交流和融合,中日文化交流得到了深入发展。

径山茶宴失传甚久,20世纪80年代以来,浙江茶界的有识之士试图恢复,举办了多次仿效径山茶宴的仪式。

径山寺方丈、径山茶宴项目代表性传承人戒兴,从1996年开始,拜师学习中国茶道和径山茶宴的整套流程。他于1999年在中国佛学院系统学习中国茶道,并于杭州灵隐寺修学研究茶道,之后任径山寺住持,开展径山茶宴的研究和传承活动。他以宋代的《禅苑清规》为基础,细抠宋代清规的细节,同时物色茶头僧的人选,进行培养、传承。

在清规史料的基础上,抓住与日本东福寺互参访交流的机会,选派径山茶头僧前往观摩进修,了解传承自径山的日本寺院四头茶会的相关细节,并观察东福寺保存的宋代形制的茶器,这些都为径山茶礼的恢复提供了参考依据。

径山寺始终保持传统,每年定期举办径山茶宴,向社会展示宋代禅院茶礼,让社会各界体验到径山茶宴的文化魅力。

径山茶宴是中国禅门清规和茶会礼仪结合的典范,为中国禅宗茶道之原创,在传承与发展中折射出中国禅茶文化史的悠久和光辉。

一脉茶香传千年。

为了恢复径山茶宴,径山寺做了大量功课。径山寺径山禅宗文化研究院主任释定贤介绍,径山寺不仅搜集和梳理各类古籍资料,还远赴日本走访径山法脉传承的寺院,观摩学习他们保存至今的宋代茶礼。通过举办禅茶文化高峰论坛,广邀茶界专家反复论证,逐渐确立了径山茶礼的流程、器物等。

2011年,径山茶宴被列入第三批国家级非物质文化遗产名录。

2022年11月29日,"中国传统制茶技艺及其相关习俗"通过评审,正式列入联合国教科文组织人类非物质文化遗产代表作名录。其中,杭州的两个国家级非遗项目——西湖龙井制作技艺、径山茶宴,作为"中国传统制茶技艺及其相关习俗"的重要组成部分,双双入选。

径山寺方丈戒兴法师说,径山茶宴入选"人类非遗"后,径山寺第一时间建立了径山禅茶祖源人类非遗馆,之后又每月

一杯通透在人间

举行一场公益茶宴,还在申遗成功一周年之际推出径山茶宴盛典版,让更多人有机会了解、体验径山茶宴非遗文化。除了还原宋代点茶的流程,恢复抹茶制作技艺,复原宋代茶宴礼仪等,径山寺还推出民间版径山茶宴——径山茶汤会,邀请更多人参观学习。

如今,径山寺每年都会举办一到两场庄严的径山茶宴活动,将径山茶宴传承下去,让古老的禅茶文化历久弥新。

位于径山脚下的径山村,自2012年开始筹办民间版径山茶宴来弘扬茶文化。

径山村党总支书记、余杭区径山茶炒制技艺非遗传承人俞荣华,是民间版径山茶宴的发起人之一。

俞荣华是土生土长的径山人,从小跟随父辈学习炒茶技艺,一家人靠着种茶、卖茶过生活,对于径山茶有着深厚的感情。

在径山寺大师傅的指导下,俞荣华联合村内众多茶业人士创编茶宴仪式。

他们四处请教专家,学习径山禅茶文化和宋代历史知识,不断摸索茶宴的展现形式。小到磨茶的石磨、点茶用的建盏、茶筅等工具的选购,大到整个茶宴的流程设计,俞荣华都费尽心力。

"最忙的一天,我马不停蹄跑了8个点位,采买布匹、定制茶器、挑选桌椅,从杭州到安吉,驱车上百公里,直到深夜才回家。"

通过举办民间版径山茶宴,禅茶文化走入寻常百姓家,成为径山的文化金名片。

2015年4月,首场径山茶宴品鉴会在径山村文化礼堂举办,现场展示了唐代煮茶、宋式点茶、径山茶泡制及谢茶感恩等内容,受到茶界专家和在场观众的好评。

俞荣华的团队,在传统径山茶宴基础上进行创新发展,加入花道、香道、书法、抹茶制作技艺等内容,逐渐确立了一整套径山茶宴展演项目,吸引了众多游客前来参观体验。

这些民间版径山茶宴活动,成为人们喜欢的雅集方式。人们在一起品茗、聊天、诵经。这些活动不仅增进了邻里之间的友谊和感情,还传承了径山茶宴这一独特的文化遗产。

径山寺禅茶生产和流通的负责人郭进炼说,天下禅茶出径山,径山寺有责任义务和使命担当,为径山茶产业的再次腾飞不遗余力。

如今,越来越多的人了解了径山茶宴,越来越多的游客也愿意通过径山茶宴这一种风雅的饮茶仪式,与中国古代源远流长的传统文化进行对话。

走进国家版本馆杭州分馆数字馆,由径山寺打造的 3D 影片《径山茶宴》以"宴"为主线,以版本迭代呈现的方式,塑造中华礼仪之邦在精神层面上的具象形态,观众可沉浸式体验源于径山寺的禅文化生活茶宴。

当下的径山寺,还在探索径山茶宴的创新发展之路,以茶为媒促中外文明交流互鉴。

作为日本茶道之源,径山寺也加强与世界文化之间的交流。以茶论道,以茶会友,承载着"茶和天下"理念的径山茶宴穿越历史、跨越国界,成为中外文化交流的新名片。

2023 年,径山寺派两批法师前往日本东福寺,参加四头茶会,促进径山茶文化国际交流。值得一提的是,东福寺为径山寺的法脉寺院,四头茶会正是径山茶宴在日本的演化落地。2022年径山茶宴入选"人类非遗"时,日本东福寺住持原田融道专门发来祝福视频,回顾了日本茶道与径山禅茶的深厚渊源。

径山茶宴还赴英国、日本、瑞士等地展演。特别是杭州亚运会期间,亚奥理事会大家庭及来自 30 多个国家和地区的 500余名记者走进径山寺,感受径山茶的奥妙所在。最近几年,径山茶加快了国际化传播的步伐,频频在各种国际舞台上亮相。

一杯径山茶,承载的是源远流长的中华文明。

文：飕飕欲作松风鸣

一杯径山茶，连接着过去、现在与未来，更与深厚源远的诗文传统联系在一起。

"径山茶"这个名字，最早在唐朝出现。许多典籍都可以佐证，如唐人李肇在《唐国史补》中云："径山茶，产于杭州（府）。"

径山茶到了宋代，一时风靡社会，几乎成为宋朝第一御茶。如北宋叶清臣撰写的《述煮茶泉品》中就有"钱塘、径山产茶，质优异"的描写。

"吴楚山谷间，气清地灵，草木颖挺，多孕茶，为人采撷。……茂钱塘者，以'径山'稀。"

北宋书法家蔡襄，品饮径山茶后称其"清芳袭人"。

宋元时代,径山茶与杭州龙井茶、天目青顶茶齐名,被誉称为"龙井天目",位在"六品"之列。

明代,田汝成在其《西湖游览志余》中载:"盖西湖南北诸山旁邑皆产茶,而龙井、径山尤驰誉也。"

明代张京元品饮径山茶后说:"泉清茗香,洒然忘疲。"

清代早中期,径山茶声名犹著。浙江提学佥事谷应泰在《博物要览》中说:"杭州有龙井茶、天目茶、径山茶等六品。"

清代康熙年间,钱塘学者金虞游览径山品尝了径山茶后,写了《径山采茶歌》赞誉径山茶:"天子未尝阳羡茶,百卉不敢先开花。不如双径回清绝,天然味色留烟霞。"又称:"颇觉深山春到迟。……白绢斜封充锡贡。"

清乾隆二十四年(1759)《临安县志》引旧志载:"御茶。黄岭山茶、天目云雾茶(各乡俱产,惟天目山者最佳)、径山茶(出凌霄峰者尤佳)。"

陆羽隐居在径山寺附近的双溪写《茶经》之时,僧人皎然与之过从甚密,二人诗文相交,经常在一起探讨茶的艺术。

皎然有一首诗《赠韦早陆羽》,其中写道:

只将陶与谢，终日可忘情。

不欲多相识，逢人懒道名。

在这首诗里，他将韦、陆二人比作陶渊明与谢灵运，"不欲多相识，逢人懒道名"，不想多去结交那些凡夫俗子，省得以后见面还要告诉他们自己的名字——皎然个性率真得近乎不通人情，大有魏晋名士的风度，也有"我醉欲眠卿且去"的真性情。

在另一首诗《对陆迅饮天目山茶，因寄元居士晟》中，他写道：

喜见幽人会，初开野客茶。

日成东井叶，露采北山芽。

文火香偏胜，寒泉味转嘉。

投铛涌作沫，著碗聚生花。

稍与禅经近，聊将睡网赊。

知君在天目，此意日无涯。

友人送来的天目山云雾茶很是难得，皎然在诗中叙述了他与友人分享山茶的乐趣。

皎然知茶、爱茶、识茶趣，一生之中写下了许多首脍炙人口的茶诗。常为后人提及的，当数他的那首《饮茶歌诮崔石使君》，诗中写道：

> 越人遗我剡溪茗，采得金牙爨金鼎。
>
> 素瓷雪色缥沫香，何似诸仙琼蕊浆。
>
> 一饮涤昏寐，情来朗爽满天地。
>
> 再饮清我神，忽如飞雨洒轻尘。
>
> 三饮便得道，何须苦心破烦恼。
>
> 此物清高世莫知，世人饮酒多自欺。
>
> 愁看毕卓瓮间夜，笑向陶潜篱下时。
>
> 崔侯啜之意不已，狂歌一曲惊人耳。
>
> 孰知茶道全尔真，唯有丹丘得如此。

在这首长诗里，皎然盛赞茶之清郁的香气，还有茶汤那犹如甘露琼浆般的滋味，并且用浓重的笔墨生动地描绘了一饮、再饮、三饮山茶时的感受。

到了宋代,更有大量文人与茶结缘。

苏东坡就是一位爱茶之人,他对于儒家及佛道思想,均有不同程度的吸收。这些思想在他的世界观中往往是矛盾而统一的,他的一些诗词中经常流露这种特色。一百多卷的《东坡全集》中,许多作品与茶有关。其中一首《试院煎茶》,道尽了烹茶的情趣,也写出了古今文人名士在不同境遇之中对饮茶之事所寄托的心绪:

> 蟹眼已过鱼眼生,飕飕欲作松风鸣。
>
> 蒙茸出磨细珠落,眩转绕瓯飞雪轻。
>
> 银瓶泻汤夸第二,未识古人煎水意。
>
> 君不见,昔时李生好客手自煎,贵从活火发新泉。
>
> 又不见,今时潞公煎茶学西蜀,定州花瓷琢红玉。
>
> 我今贫病常苦饥,分无玉碗捧蛾眉。
>
> 且学公家作茗饮,砖炉石铫行相随。
>
> 不用撑肠拄腹文字五千卷,
>
> 但愿一瓯常及睡足日高时。

苏东坡喜欢喝茶,更是煎茶的高手。他还有一首《汲江

一杯通透在人间

煎茶》：

> 活水还须活火烹，自临钓石取深清。
>
> 大瓢贮月归春瓮，小杓分江入夜瓶。
>
> 雪乳已翻煎处脚，松风忽作泻时声。
>
> 枯肠未易禁三碗，坐听荒城长短更。

从这首茶诗中，不难看出苏轼茶艺的精熟和对茶精神的深刻理解。

苏东坡不仅诗文绝世，书法也极尽妙处。与茶相关的，最为知名的当是他的那幅《啜茶帖》，也称《致道源帖》，其书写用墨丰赡而骨力洞达。这封小札写于元丰三年（1080），共三十二字，现藏于故宫博物院。

> 道源无事，只今可能枉顾啜茶否？有少事须至面白。孟坚必已好安也。轼上，恕草草。

"杜先生没事就来我这儿一趟吧，有事儿商量，好茶已经备好了。"

饮茶真的是中国人招待客人的传统礼节。作为宋代的士大夫,苏东坡结友宴茶、论泉品水,与司马光论茶墨之妙,与太虚、参寥子共倾紫盏游惠山,与老谦方丈玄谈茶汤三昧……真是三句话离不开一个"茶"字。

在《次韵曹辅寄壑源试焙新茶》中,苏东坡说,"要知玉雪心肠好,不是膏油首面新",意在反对当时流行的在茶饼表面涂上一层油膏的做法。苏东坡认为,这样的做法破坏了茶本身所具有的天然清丽滋味。接下来,还有"从来佳茗似佳人"一句,真是流传千古。

在东坡看来,道法自然,修道在饮茶。"不用撑肠拄腹文字五千卷,但愿一瓯常及睡足日高时。"人生不管遇到什么样的坎坷逆境,"且学公家作茗饮",只要一杯茶,就可以消解心中的块垒。

饮一杯茶,人间清醒,人生通透,从此不惧风雨,笑对人生。

烧水煎茶,无非是道。大道至简,饮茶也是道。

一杯茶里,藏着人生之道。

一座径山寺,曾如此深远地影响了东方的美学、文学、书画、建筑、园林、陶艺、饮食、茶道等众多艺术领域。径山寺是日本临济宗的发祥地,对日本禅宗、禅茶文化发展,乃至东亚佛家文化圈的形成,都产生了至深至远的影响。

从径山向外的这条小路,是一条文化之径,实际上也是一条中华文明传播的大道。

出：天下禅茶出径山

"过去十年兴寺，未来十年兴茶。"这是径山寺方丈戒兴法师的话。

随着径山寺的全面复兴，径山寺把佛教文化建设与寺庙服务建设作为径山寺双轨发展的两个长远目标。径山禅茶，则是"两个目标"的共同媒介与基础，是寺院发展的黄金纽带。

如今，径山禅茶已成为径山寺接待信众、自给自足、服务社会、造福地方百姓的重要抓手。

当你走进径山寺的山门，就能喝到一杯清香的径山茶。山门施茶活动，就是免费向所有来径山的游人赠饮茶水。小小一杯茶，与大众结下善缘。

径山寺每年有近 200 万的游客量，游客涵盖社会各阶层人群，企业家、白领、茶人、市民等，他们都是径山禅茶的享用者和传播者。

遥想一千年前，小小禅茶也是从这里走出山门，走向世界的。

禅茶文化何以出径山？

2023 年底召开的第 22 届中国茶圣节上，余杭区茶办正式对外发布"天下禅茶出径山"文化品牌。

何为"出"？其有四层含义。

首先，出，为出处。

名山径山成为佛教圣地，始于唐，盛于宋，堪称江南五山十刹之首。径山茶与寺齐名，嘉庆《余杭县志》记载，开山祖师法钦开启了径山种茶历史，距今已有 1280 多年。1000 年前径山茶宴漂洋过海到了日本，演变为日本茶道，成为日本茶道的源头；如今径山茶宴已列入"人类非遗"。径山，不仅是中国最早向东南亚国家输出禅茶文化的发祥地之一，还是迄今为止中国禅茶文化最活跃的道场之一。"天下禅茶出径山"的底气由此而来。

其二，出，是出发。

径山茶的出发,是一种旗手的姿态。径山茶的发展史上有三次"出发"。分别是法钦法师带动径山茶走向世界,改革开放时径山茶工艺的匠心创新,还有如今山上山下抱团、新老茶人同台、禅茶引领众茶发力的场景。

其三,出,意为出圈。

很多人都说,当下茶叶市场的竞争,比茶叶本身还要"卷",何以出圈?一位余杭区茶文化研究者表示:"茶一定要走进年轻人的心。原来有一句话叫'佛系青年',我们希望喝禅茶的是'禅系青年',他们是乐观积极的,更能感受生活的美好。目前正在开发的以抹茶为代表的径山新茶,是业内寄以厚望的未来年轻市场所在。"

其四,出,更是出彩。

天下径山,是心灵的靠山,也是禅茶的靠山,更是全体山里人的靠山。2024年径山茶区域公共品牌价值达到35.69亿元,全产业链产值突破50亿。广大径山茶人希望,这片茶叶能够从大山出发,最后又赋能大山,让径山实现"环境因茶而美,日子因茶而富,生活因茶而好"的愿景。

今天的径山茶,是一叶开放的茶,是茶叶的区域公用品牌。径山茶的品类,也不再只是卷曲型毛峰,还包含辖区内的扁形茶、红茶、白茶、花草茶、径山抹茶、粉茶,甚至包括径山茶笺、茶器具、茶空间、茶民宿、茶文化演绎等。

茶叶全身都是宝。以古茗、茶颜悦色、tea'stone、奈雪的茶等品牌为代表的新式茶饮,推陈出新,已经在年轻人市场中占据一席之地,开辟了全新的赛道和时代指向标。径山茶在这个新赛道里该如何发力?

在茶科技领域,1600 多种茶叶化合物中还有不少未知领域等待我们探索,茶叶综合利用产品的迭代开发将进入"井喷"时期。径山茶能不能夺得先机?

时光来到 2024 年,斗转星移间,法钦禅师手植茶树、茶圣陆羽在苕溪著经的时光已经过去千年。同一片土地上,当下的人们如何书写径山茶的崭新篇章?

道阻且长,行则将至!

一千多年前,径山茶的出发,造就了东方茶道,成为一道文化风景。

一千多年后的今天,径山禅茶的这次出发,选择了与浙商同行,更有直抵人心的力量。

浙商是浙江国民经济的中流砥柱,浙商为浙江、为中国乃至为世界创造了巨大的物质和精神财富,形成了影响深远的浙商精神。

径山茶里蕴藏着一种精神力量,它是与浙商精神一脉相承、息息相通的。

径山禅茶与浙商精神都是苦难造就的辉煌。径山茶来自高山,经过千锤百炼才送到人们面前,制茶工艺里有一道工序是揉捻,其过程也是一次茶叶破壁重生的过程。浙商精神的瑰宝,是"四千精神"——走遍千山万水,想尽千方百计,说尽千言万语,吃尽千辛万苦。也正因此,浙商才创造了今天的辉煌成就。

径山禅茶与浙商精神都淋漓尽致地展现出了真我风采。径山茶自鲜叶从山上采下起,到呈现在人们面前止,始终保持着茶的真香、真味和真色。知行合一、义利并重、兼容并包、诚信戒欺等则构成了浙商精神的丰富内涵。诚信、戒欺,作为从商之责、毕生之责,是与径山禅茶文化中的真我风采最接近的底色。

径山禅茶与浙商精神一样,都有善行天下的文化传统和精神归属。商圣范蠡曾经十九年间三次散尽家财救助百姓,扶危济困、捐资助学、抢险救灾……浙商群体在履行社会责任方面更是不遗余力。

同时，径山禅茶与浙商精神一样，都始终保持前进的方向，出发再出发。径山禅茶经历过三次重要的"出发"；对浙商来讲，"永远在路上"表达了他们不懈奋斗的精神和永不停歇的追求。

甲辰年新春，在径山寺举行的浙商读书会上，来自全国各地的浙商手捧一杯好茶，共话浙商未来。

径山茶正走近浙商，融入浙商，陪伴浙商打拼天下、行走天下。

正所谓：山巅一寺一壶茶，伴随浙商走天下。禅茶文化与浙商精神的融合也将在这袅袅茶香中历久弥新、生生不息。

境：一杯通透在人间

纵观中国的茶,径山茶最突出的精神气质是什么?

或者说,它的独特性是什么?

余杭区政协主席、余杭区茶文化研究会会长沈昱说,径山茶不仅是一种饮品,更是一种生活的态度,一种精神的追求。他为径山茶原创了一句诗:"天下禅茶出径山,一杯通透在人间。"

"一杯通透在人间",说的正是径山茶的最大精神特质——它是一杯禅意之茶,代表的是一种禅意生活美学。

径山茶,源自中国禅宗文化,承载着禅意生活的精髓。

茶是禅者的良友,也是修行者的伴侣。在禅宗传承中,茶

一杯通透在人间

被视为一种净化心灵、平复思绪的工具,而径山茶则以其独特的茶香和回味,让人们仿佛感受到了禅宗智慧的点滴。在品尝径山茶的过程中,人们不仅仅是在品味茶香,更是在与禅意生活对话,体味内心的宁静和平和。

径山茶的禅意,不仅体现在其饮用过程中,更体现在其种植、采摘、加工等方方面面。径山茶的生长环境常年云雾缭绕,气候湿润,土壤肥沃,茶树吸收了大自然的精华,茶叶所沁透的是山间的清新,是大地的芬芳,更是禅意的气息。在采摘和加工过程中,径山茶的制作人员往往秉持着一种平和、专注的态度,将禅意融入每一个环节,让每一片茶叶都沐浴禅意的清风,每一盏茶汤都散发禅意的静谧。

当我们在品一杯径山茶时,我们在品味什么?

一叶茶,从春日枝头被采摘下来,经过一道道工序的加工,才成就了一杯香气袭人的径山茶。禅宗的思想,强调顿悟、悟道,追求心灵的解脱与升华;而品一杯径山茶,正是一种悟道的过程。

面对一杯清茶,静观茶之舞动,心亦随之起舞,身心合一。径山茶的禅意,在品饮的过程中被饮者接收,静心、凝神,使饮者体验到自在与快乐。此时,饮者的内心,如茶一样通透,宁静如海。

　　泉水清澈,青山如黛,茶香袅袅,山水悠远。与友人品茗的过程,也是心意交流的过程。径山茶讲究一个"真"字,真香、真色、真味。饮者的心境,也讲究一个"真"字,真情、真意、真心。啜一口茶,茶香在口中盈溢,仿佛是在与自然对话,与心灵交流。这种真实、平和、宁静的心境,正是径山茶所赋予的禅意。

　　径山茶也是一种禅意生活美学的体现。它代表着一种简约、清雅、淡然的生活态度。在茶道中,人们不仅品尝茶的香醇,更品味生活的美好。在茶的陪伴下,人们懂得了放慢脚步,体验当下的美好,享受平淡中的幸福。一杯径山茶,来自山野自然,其倡导的生活美学,不在于奢华与繁复,而在于清简与满足。因此,径山茶所代表的生活美学,正是一种追求内心平和与满足的生活态度。

　　品饮径山茶,是品饮一种意境。抛开外界的杂念,沉浸于茶的世界中,茶香袅袅,物我两忘,喝茶成为一种独特的生活方式,一种追求心灵愉悦的修行。

　　一杯径山茶,越喝越通透。

喝茶,其实是一项综合性的审美活动。

从茶室的空间陈列,到茶席的安排,以及挂画、插花、器物的陈设,都以特定的目的或主题来安排。一碟糕点,也有特别的讲究,可能是与此时的时节相呼应,茶席上的插花同有此理;茶器、茶叶的安排,也有特别的用心之处,要进行周全的考虑和布置。由上可知,一次喝茶,堪称一场艺术性的创作与审美互动。

喝茶的时候,主人与客人之间,可能也有郑重的精神沟通。哪怕不是怀着"一期一会"的心意,至少也有一种庄重的神情,而不是闹闹嚷嚷、吃前喝后。

所以,不妨把喝茶作为一次追寻美的历程来体验。

径山的茶宴,传到日本之后,经过发展,形成了日本的茶道。茶道在一千余年的发展中积淀出完整系统的审美意识。

在这一点上,径山茶的品饮,应该有其最独到的优势。也应有一批茶人茶客体验其文化积淀之深、美学意识之强、饮茶精神之深刻,进而总结出一整套与径山茶的地位相匹配的体系。

径山茶的禅意美学,也应滋养人们的日常生活。径山茶所追求的生活美学,应当包括这些:自然与纯净的生活态度;

宁静与平和的生活心境；深厚与美好的情感；与自然和谐共生的理念。

放眼中国的茶，径山茶应当担起这一份禅意生活美学的引领者之责，发展出茶与人心灵共振的美学，追求极致单纯却无垠的美好，与天地万物产生共鸣。

当此时，径山茶的"通透"，可以独步于中国茶林。

暮春之日。

在日本京都宇治，世界文化遗产平等院附近，有一家"三星园上林三入本店"，这是家传承五百年的老铺。该店年轻的第十七代传人田中宏秀，曾特意到中国待了三年，也曾专程到径山学习汉文化与茶文化。他拜访过径山寺，因为他早就知晓径山寺乃是茶道之源，径山的抹茶传到日本，才有了日本茶道。

这一天，田中宏秀接待了来自中国杭州的茶文化纪录片摄制组。导演张海龙送给这位会讲中文的年轻茶人一份礼物。

田中宏秀打开牛皮纸层层包裹的礼物，原来是一包径山茶。他俯身，细嗅千年的茶香。

一杯通透在人间

一千多年前,径山茶宴有过一次出发,造就了东方茶道,成为一道文化风景。一千多年后的今天,径山禅茶又一次出发,必将再次直抵人的心灵。

田中宏秀开始点茶。随着茶筅击拂,茶汤表面凝出一层洁白的泡沫。

他以最传统的点茶方式,给客人点了一碗抹茶。

同一时刻的余杭径山之巅,一抹霞光,照在无垠的茶园之上。